SÉANCE DE L'ACADÉMIE FRANÇAISE DU 11 MARS 1875.

DISCOURS DE RÉCEPTION
DE M. CARO

RÉPONSE

DE

M. CAMILLE ROUSSET

DIRECTEUR DE L'ACADÉMIE FRANÇAISE

PARIS

LIBRAIRIE ACADÉMIQUE

DIDIER ET Cie, LIBRAIRES-ÉDITEURS

35, QUAI DES AUGUSTINS

DISCOURS

DE

M. CARO

Paris. — Typographie Georges Chamerot, rue des Saints-Pères, 19.

DISCOURS

DE M. CARO

PRONONCÉ

A L'ACADÉMIE FRANÇAISE

Le jour de sa réception, 11 mars 1875.

PARIS

LIBRAIRIE ACADÉMIQUE

DIDIER ET Cie, LIBRAIRES-ÉDITEURS

35, QUAI DES AUGUSTINS

1875

DISCOURS

DE

M. CARO

Messieurs,

Quand je me suis présenté à vos suffrages, je n'avais à vous offrir qu'une vie d'étude et de travail. Vous m'avez accueilli avec une bonne grâce qui a comblé toutes mes ambitions. Mais je craindrais d'insister sur les motifs personnels qui m'ont rendu si précieuse votre bienveillance : il m'a toujours semblé que la vraie manière d'être modeste est de ne pas donner avec trop de complaisance les raisons de sa modestie. Vous avez montré, une fois de plus, en m'appelant à l'honneur de remplacer M. Vitet, que la liberté de vos choix est entière et que rien ne vous oblige à suivre la loi des ressemblances dans l'ordre des successions. A ceux qui s'en étonneraient, mon illustre prédécesseur avait répondu d'avance en expliquant à sa manière ces diversités et ces contrastes où se plaît l'Académie : « Vous êtes, disait-il un jour, une vivante galerie de quarante portraits que par malheur il faut remplacer tour à tour. Chaque fois que vous en perdez un, vous mettez tous vos soins à n'en pas acquérir la copie. Plus il vous était cher, plus il vous donnait d'orgueil, moins vous cherchez qui lui ressemble (1). » Mais, si vous n'exigez pas qu'on rappelle de trop près, par l'analogie des travaux, ceux que vous avez perdus, vous demandez qu'on essaye de comprendre leur œuvre. Et, bien que le nom et le souvenir d'un tel homme m'accablent, je sens que vous me pardonnerez plus facilement d'occuper sa place, si je parviens à ranimer cette noble figure devant vous et à tromper pour un instant des regrets qui seront éternels.

Votre éminent confrère est né à Paris, mais sa patrie d'origine était Lyon. Son aïeul, un médecin célèbre, fut à plusieurs reprises élu maire de sa ville natale. Député à la Convention, ami des Girondins jusqu'à la séance du 17 janvier 1793 où il vota intrépidement contre la mort du roi, il semble que la nature ait voulu essayer dans l'ancêtre quelques-uns des traits dont elle devait plus tard composer la figure du petit-fils, en qui devait s'achever l'illustration de la famille. Voyez plutôt ce curieux portrait dans les *Souvenirs* du baron Desgenettes, qui traversa Lyon, pour se rendre à l'ar-

(1) *Réponse à M. de Laprade.*

mée d'Égypte, dans l'année 1798 : « J'allai remettre à M. Vitet, le maire de la ville, les lettres qu'on m'avait données pour lui. Au moins sexagénaire alors, il avait un aspect plus qu'austère. Deux énormes sourcils noirs, quoique les cheveux fussent blancs, donnaient à sa physionomie très-mobile et qu'animaient des yeux de feu, un air de rudesse, bien qu'il fût plein de bonté et d'humanité... Comme on louait pendant le repas les services de tout genre qu'il avait rendus à la ville de Lyon, M. Vitet, qui avait quelque chose de Caton le censeur, entendit ces propos avec une sorte d'indifférence, d'impatience même, et détourna la conversation. » Ne pensez vous pas reconnaître cette physionomie austère animée par des yeux de feu? Et cet embarras du maire de Lyon, quand on vient à parler du bien qu'il a fait, ce stoïcisme empressé à fuir l'éloge, ne rappellent-ils pas la modestie fière et presque sauvage de votre confrère, quand on venait à parler de ses œuvres, et cette pudeur virile qui souffrait d'une louange comme d'une indiscrétion?

Les deux grands événements de la jeunesse de M. Vitet furent le bienfait d'un enseignement incomparable et la rencontre d'une amitié rare. C'était le moment où M. Jouffroy, sacrifié avec l'élite de l'Université à une réaction aveugle, venait de fonder dans un coin de Paris cet enseignement restreint par le nombre des disciples, mais si actif par la propagande des doctrines, si étendu par le nombre des idées qui en sortirent et des vocations qui s'y éveillèrent. Le jeune M. Vitet fut admis dans le cénacle. Parmi les quinze ou vingt noms qui le composaient, presque tous sont devenus célèbres soit dans les lettres, soit dans la politique; tous, dans les fortunes les plus diverses, sont restés fidèles au culte des idées. L'enthousiasme des auditeurs et la piété de leurs souvenirs ont formé autour du jeune maître comme une auréole d'apostolat persécuté. On a retracé plusieurs fois l'attitude de ce philosophe de vingt-six ans tandis qu'il poursuivait les grands problèmes, sous la forme d'une méditation parlée, et se livrait tout entier dans ces entretiens qui n'étaient que la pensée même prise à sa source, grandissant par l'effort continu, se répandant à flots larges et lents sur des questions sans limites. Et, quand il exposait ses théories en voie de formation sur le principe du beau ou les lois de la destinée humaine, les disciples n'étaient pas loin de se croire des initiés à quelque mystère ou à quelque enseignement secret, comme il y en avait dans les philosophies antiques.

C'est à cette source que M. Vitet puisa une foi vive dans ces vérités « qui auront toujours pour elles, même en dépit d'éclipses temporaires, la saine conscience du genre humain. Voilà bientôt un siècle écoulé, disait-il au déclin de sa vie, et chaque jour je bénis Dieu d'être né encore assez tôt pour ne pas manquer l'heure où ces nobles doctrines sortaient de leur sommeil, conservant je ne sais quelle fraîcheur que le sophisme n'avait point flétrie, et qui prêtait aux vérités qu'elles proclament comme un attrait de nouveauté. » Aussi bien le temps était à l'enthousiasme ; un temps vraiment unique pour la fécondité des idées et des talents, pour toutes les nobles curiosités à la fois éveillées, pour l'activité presque héroïque de l'esprit qui se précipitait dans tous les sens à la conquête de l'inconnu, et aussi pour la candeur du public, prêt à toutes les belles émotions. Était-ce donc un grand siècle qui se levait à l'horizon? A l'éclat de son aurore on pouvait le croire. M. Vitet salua d'un ardent espoir cette jeunesse du siècle qui se mêlait et se confondait avec la sienne. Que de fois plus tard il rappelait avec délices « la flamme presque amoureuse » que ces nouveautés d'idée avaient allumée dans son cœur!

Cette noble ivresse, il la partageait avec un jeune homme qui, dès leur première rencontre chez M. Jouffroy, était venu à lui d'un élan irrésistible et spontané. Ils prirent aussitôt « un tel besoin l'un de l'autre » que leurs journées ne se passèrent plus guère sans qu'ils eussent échangé leurs pensées, et cette habitude dura toute une vie. Cet ami, c'était le comte Duchâtel. Un voyage à travers la Suisse et l'Italie consacra cette affection naissante. Pour ces deux jeunes gens, infatigables dans leur curiosité, ce fut un perpétuel ravissement. On se reposait de l'admiration de la nature dans des stations qui semblaient préparées pour leur donner toutes les fêtes de l'esprit. Tantôt c'était sur un versant du Jura, chez le maître adoré, M. Jouffroy; tantôt, près de Milan, chez l'auteur des *Promessi Sposi*, le noble poëte, le grand homme de bien, Alexandre Manzoni. Au retour, de l'autre côté des Alpes, c'était Coppet, tout plein encore de Mme de Staël, de sa pensée, presque de sa présence. Chaque soir, en face de ce beau lac, de ces majestueuses montagnes, on trouvait là réunis des hommes tels que Sismondi, encore dans sa verdeur, Rossi, laissant percer sous sa taciturne enveloppe les éclairs de son esprit (1), bien d'autres, et avant tout les maîtres de la maison, le baron Auguste de Staël, le duc de Broglie, jeune encore, mûr par la pensée et déjà incliné, comme nous le vîmes plus tard, sous l'habitude de la méditation.

Malgré la sympathie de ces premières émotions, M. Duchâtel et M. Vitet avaient commencé de bonne heure à sentir la diversité de leurs goûts, l'un attiré vers le beau sous toutes ses formes, l'autre vers l'utile dans ses plus larges applications, l'économie sociale et politique. Mais cette divergence d'études ne nuisit en rien au commerce intime de ces deux jeunes gens devenus des hommes. Bien au contraire, chacun d'eux doubla ainsi l'horizon de ses idées. Si plus tard M. Vitet put faire bonne figure, dans les assemblées, quand il fut aux prises avec les questions les plus ardues des finances ou de l'administration, c'est que, moitié plaisir et moitié complaisance, il s'était prêté sans cesse aux explications de son ami qui lui en exposait le mécanisme et lui en montrait les plus secrets ressorts (2). Et, d'autre part, lorsque le comte Duchâtel fut condamné par les événements à un repos douloureux et prématuré, quel noble refuge lui réservait cette amitié plus assidue que jamais, l'élevant sans effort dans ces régions idéales où la contemplation partagée du beau les consolait du spectacle

(1) *Étude sur le comte Duchâtel.*

(2) *Id.*

des sociétés humaines! Peut-on douter que votre confrère, au moins par ses avis, n'ait eu sa large part dans ce choix de chefs-d'œuvre, dans la formation de ce musée domestique, l'honneur d'une exposition récente qui a consolé un peu notre patriotisme, non-seulement en répandant l'or avec la sympathie publique sur nos frères émigrés d'Alsace et de Lorraine, mais en révélant au grand jour ces trésors d'art, un des joyaux de la France, un de ceux que la force elle-même n'a pu ravir à sa couronne?

C'est au retour du voyage en Italie que M. Vitet fit avec son ami ses premières armes comme écrivain. Le *Globe* venait de naître. Ce n'était, à certains égards, que la continuation et comme l'élargissement du petit cénacle philosophique fondé autour de M. Jouffroy. On y parlait plus haut et à ciel ouvert. On y traitait librement tous les sujets, politique, art, philosophie, littérature. Au fond, l'inspiration était la même, avec quelque chose de plus militant peut-être. C'est sur ce théâtre, fort en vue, que se produisit l'élite de la jeunesse libérale, à côté de l'École normale en disgrâce : tous s'unissant dans une pensée commune à travers des dissidences sur les questions d'art ou de religion, chacun s'enrôlant, selon ses aptitudes, au service du beau et du vrai, les cherchant et les admirant sous toutes leurs formes, sans partialité, sans système, chacun enfin réclamant le droit et l'honneur de cette liberté, invoquée comme l'inspiration même de l'œuvre et le drapeau de cette petite armée.

Mais déjà, dans l'intervalle de ces pages rapides que

le jeune écrivain du *Globe* semait avec la belle prodigalité de son âge, M. Vitet avait conquis tout d'un coup la célébrité. *La Ligue* avait paru, révélant un genre nouveau, puisque les tentatives du président Hénaut étaient tombées dans le plus profond et le plus juste oubli. On nous a raconté comment, dès l'âge de dix-sept ans, l'idée des *Scènes historiques* vint à votre futur confrère. Il s'arrêtait volontiers, chaque jour, devant les boutiques des petits libraires, s'attardant sur le chemin d'une étude d'avoué où il n'apportait qu'un zèle médiore, s'attachant surtout aux vieux livres, cherchant le nouveau dans l'antique et l'inconnu dans le passé. C'est ainsi qu'il fit connaissance avec l'Estoile, Palma Cayet, la *Satire Ménippée,* avec ces innombrables pamphlets ligueurs, politiques, huguenots, et ces grossières vignettes sur bois dont le seul aspect le transportait dans le temps qui les a vues naître. A ce jeu, moitié curiosité d'imagination adolescente, moitié pressentiment, il finit par s'éprendre de la France du XVIe siècle et surtout de cette période de la Ligue, la plus dramatique peut-être de notre histoire. Ces mœurs étranges, cette politique d'aventure, ces amours tragiques, ces brutalités inouïes dans une société raffinée, le sang et la volupté mêlés, la corruption dans le fanatisme, cette facilité égale aux crimes et à la pénitence, ces chocs de passions exaltées et d'égoïsmes féroces, ces coups de fortune qui élèvent un homme et ces coups de foudre qui renversent un trône, tout cela, qui est de l'histoire, aurait tenté le génie de Shakspeare, si Shakspeare avait vécu là.

Avec une étonnante sûreté d'instinct, le jeune étudiant devina quel parti on pouvait tirer d'un pareil sujet. Mais il ne se pressa pas, et, avec une patience plus étonnante que sa conception même, il mûrit son œuvre pendant plus de sept années. Il poursuivait l'idée d'un genre mixte qui ne serait ni le drame ni l'histoire proprement dite, moins que le drame, plus que l'histoire, ou plutôt autre chose. Ici la réalité devait fournir tous les matériaux, l'art devait les disposer et construire l'édifice, mais disparaître ensuite pour ne laisser voir que l'histoire mise dans un plus éclatant relief.

Ainsi naquit *la Ligue*. L'ouvrage se distribuait naturellement en trois parties, représentant les phases variées d'une même action : ces trois faits, la journée des Barricades, la mort de Guise à Blois, celle de Henri III à Saint-Cloud, s'expliquent en effet, se complètent, se dénouent les uns par les autres. Ils sont liés entre eux comme ces antiques légendes où le génie grec puisait l'inspiration de ces tragédies successives que l'on appelait une trilogie. De plus, par une loi de symétrie singulière, ces faits dominateurs se trouvent répartis dans les années 1588 et 1589, à une distance égale de mois et de jours, comme si la réalité même invitait l'auteur à la suivre jusque dans les divisions de son œuvre. L'histoire a de ces coïncidences étranges et de ces retours tragiques, qui ressemblent aux conceptions d'un Eschyle.

Le succès dépassa les plus beaux rêves de l'auteur. Ce n'était cependant ni le prestige de la scène ni l'imprévu de l'action qui attiraient à cet ouvrage l'intérêt passionné du public. Le dénoûment, les péripéties qui l'amènent, les personnages qui s'y montrent, tout est scrupuleusement emprunté à l'histoire, et chaque lecteur savait d'avance où le conduisait l'écrivain. Où donc était l'attrait, bien vif et bien réel pourtant, de la curiosité publique ? Il était tout entier dans cette double faculté du jeune auteur : le sens psychologique appliqué à l'histoire, et le sens pittoresque de la réalité ressuscitée avec éclat.

L'invention, elle est là : dans la peinture des caractères d'abord. Analyser ainsi, c'est découvrir. Comme tout s'éclaircit, se démêle dans les trames obscures de ces intrigues! Comme tout devient réel en même temps que logique, dans ce chaos d'événements invraisemblables! C'est que l'auteur déplace habilement le foyer d'où il fait jaillir la lumière. Il éclaire ses personnages du dedans, en montrant leurs passions, au lieu de les éclairer du dehors, en montrant seulement leurs actions. Il a entendu ces entretiens secrets de Henri III et de sa mère ; il était là, n'en doutez pas, aux conférences de l'hôtel de Guise ; il a surpris la confession du roi, la veille de l'assassinat de Blois ; il s'est glissé dans le cloître des Jacobins, lorsque s'y préparait, dans une extase malsaine, le poignard de Jacques Clément. — A quoi s'attacher dans cette mêlée, si ce n'est au drame lui-même et au talent qui nous conduit? Que choisir entre l'ambition effrénée des Guises et l'égoïsme tortueux de la vieille Catherine de Médicis? Entre la basse démagogie conduite par des moines fanatiques ou les intrigues de cour tramées par les mignons? A peine si de loin en loin, dans ces ténébreuses horreurs, on voit passer l'éclair d'une brave épée comme celle de Crillon, qui fait pâlir Henri III lui proposant un assassinat, ou la lueur d'une parole honnête comme celle du président de Harlay, qui décontenance le vainqueur des Barricades. Cependant une grande consolation brille à l'horizon de ce sombre drame. En face de ce personnage si finement analysé, de cet Henri III, assemblage monstrueux de vices qui grandissaient toujours et de qualités qui s'évanouissaient une à une, lâche dans la rue et dans son palais, capable encore d'éloquence et même de dignité, comme devant les États à Blois, ou de bravoure sur un champ de bataille, libertin sceptique et dévot, perdant en un moment de frivolité le bénéfice d'une longue dissimulation, jeune et si vieux, si usé de corps et d'âme, devant cette dernière ruine d'une race qui n'avait pas été sans gloire, paraît un homme, un homme enfin. C'est un soldat, c'est un roi, et il porte en lui l'âme de la France.

A cette faculté d'analyse se joint, à un degré rare, le sens pittoresque de l'histoire. Voyez comme le jeune auteur sait garder la note exacte du langage du temps, comme il observe chaque détail, comme il décrit minutieusement les costumes. Voici les conjurés du château de Blois avec le pourpoint de soie et le petit manteau de velours, les dames avec la gibecière suspendue à la ceinture et le demi-masque noir, les ligueurs avec le grand manteau de serge brune, le chapelet au cou et la croix blanche. Tout ce monde s'agite, se meut dans une succession de scènes qui ressemblent à la vie. L'auteur, qui devient poëte, ranime l'histoire au feu de son imagination, il l'évoque du fond du temps et de l'oubli. Avec quel art il introduit sur la scène ce personnage nouveau, anonyme, le peuple ! Comme il excelle à nous montrer ses meneurs, ses héros, ses victimes ! Avant lui, personne n'avait songé en France à rien de semblable. Ici c'est le tumulte humain des capitales soulevées, les bas-fonds de l'histoire montrés au jour, les convoitises de la rue ameutées autour des ambitions d'en haut. C'est l'orageuse démocratie de la Ligue saisie dans sa réalité, dans les églises, sur la place de Grève, à l'Hôtel de ville ; les bourgeois de Paris, comme Crucé, qui sont ligueurs parce que la Ligue, c'est l'opposition ; les personnages avisés comme le président Brisson qui, voulant ménager un alibi à sa conscience, jure fidélité à l'Union et dépose en même temps une protestation chez son notaire ; les mariniers, les portefaix qui remplissent les carrefours de rumeurs insensées ; les plaintes contre le duc de Mayenne, que l'émeute a proclamé lieutenant général, qu'elle veut destituer aujourd'hui, avec ce mot sublime : « C'est nous qui l'avons nommé, il doit nous obéir ; » le pillage des maisons suspectes sous prétexte d'y trouver des armes, la guerre aux écussons royaux ; l'élection improvisée des officiers de la garde civique, leur impopularité du lendemain, les sobriquets dont on accable, sous les piliers des halles, « *ces capitaines de la morue ou ces capitaines de l'aloyau* »; c'est enfin l'irruption du peuple dans la salle du conseil des Quarante, venant dénoncer les traîtres et demander leur tête. Tout ce tumulte de cris et de coups, ces orgies de parole, ces fureurs entremêlées de bouffonneries, la populace en face de la Cour ou des Guises, tour à tour maîtresse et dupe, voilà vraiment une partie du drame de Shakspeare retrouvée. On croit entendre là comme un écho terrible ou grotesque des foules que le poëte anglais jette sur son théâtre et que les révolutions, ces émules de Shakspeare, lancent à travers notre histoire ; c'en est tantôt le rire brutal, tantôt le rugissement.

Il n'est pas douteux que ce soin scrupuleux de la mise en scène, cette préoccupation de la couleur locale et cette idée hardie de faire passer la rue au travers de son drame, ne marquent la participation de l'auteur, dans une certaine mesure, au mouvement de la nouvelle école et une intelligence rare de ce qu'il y avait de juste dans ces innovations. Il fut même, dans cette voie, un précurseur. La *Journée des Barricades* est de 1826. Le *Cromwell* de M. Victor Hugo est de 1827, la *Jacquerie* de M. Mérimée de 1828. Enfin un homme d'une puissante imagination, qui n'a pas été lui-même votre confrère, mais qui l'est devenu par une sorte d'adoption rétrospective dans la personne de son fils, M. Alexandre Dumas, donnait en 1829 au Théâtre-Français une pièce fameuse, *Henri III et sa cour*, visiblement inspirée par les *Scènes de la Ligue*. De tels noms et de telles œuvres ne sont-ils pas le plus bel éloge d'un auteur et le plus délicat hommage à ce talent inventif qui, dès sa première jeunesse, avait créé un genre dans notre littérature et préparé l'avénement du drame historique sur notre scène ?

Malgré le succès, M. Vitet n'insista pas dans cette voie qu'il avait ouverte. Il n'y revint qu'une fois, beaucoup plus tard et en passant, avec les *États d'Orléans.* C'est au moment où il achevait *la Ligue* que, dans un voyage à Bruges, devant les vieilles peintures d'Hemling, il sentit se révéler avec une force irrésistible sa vocation pour l'interprétation du beau, ou, comme il le disait, pour la psychologie appliquée à l'art (1). De l'histoire il passait à l'art, en y transportant les mêmes et rares qualités du sens pittoresque et de l'analyse. La période d'initiation est terminée, avec quel éclat, nous l'avons vu. C'est l'heure décisive de la vie où il faut comprendre l'appel de sa destinée, mesurer ses forces, bien choisir son but et n'en plus dévier. La gloire, ou à son défaut l'estime des hommes, est à ce prix.

Si l'on veut se rendre compte de cette existence et du labeur immense qui la remplit, que l'on ouvre les quatre volumes où il a recueilli lui-même, sous un titre modeste, ses principales *Études sur l'Histoire de l'Art.* Il y faut joindre plusieurs autres publications, l'*Histoire du Louvre*, l'*Académie royale de peinture et de sculpture,* et un grand nombre d'études, semées dans divers recueils selon l'occasion et l'attrait des sujets. De 1829 à 1870, les contemporains de M. Vitet ont vu s'élever pièce à pièce ce monument inachevé,

(1) *Les Peintres flamands et hollandais.*

mais dont le regard peut saisir la sévère ordonnance, sensible encore à travers tant de lacunes, depuis les *Marbres d'Éleusis* jusqu'au *Nouveau Louvre.*

N'est-ce pas son propre esprit que M. Vitet décrit, sans y penser, quand il demande à l'historien de l'art d'entrer dans la vie de chaque siècle, dans l'esprit de chaque société, de s'initier à toutes les écoles, de compter avec tous les goûts, de comprendre tous les succès, ceux-là même qu'il approuve le moins, en se gardant bien pourtant de porter jusqu'à l'indifférence cette sorte d'impartialité? Il n'appartient ni à l'école érudite qui n'aboutit qu'à des nomenclatures, ni à l'école dogmatique qui ne produit que des généralités, encore moins à l'école réaliste qui, au lieu de juger les œuvres, n'aspire qu'à en donner la sensation en les peignant avec des mots. Il abonde en idées générales; mais ce ne sont pas chez lui des thèses, ce sont des vues d'ensemble sortant de l'examen des faits. Le fond de sa critique, sa substance pour ainsi dire, c'est une quantité presque incroyable de notions exactes sur des matières obscures et difficiles. Un grand talent d'écrire l'aide à porter sans peine et même avec une sorte de grâce le poids de cette érudition. Technique et pittoresque, sa critique est à la fois science et vie. Elle a l'autorité, parce qu'elle a la précision des connaissances et la fermeté du jugement. Elle a le charme, parce qu'elle joint à ces qualités sévères l'imagination et la passion qui animent et colorent tout.

Une science entière relève de M. Vitet, l'archéologie chrétienne. Dans les domaines illimités de l'art, c'est là sa conquête propre. Le moyen âge et particulièrement notre architecture nationale, ses origines démêlées, ses phases diverses décrites et distinguées, son épanouissement, son déclin, voilà le champ nouveau où l'originalité de M. Vitet se déploie, sans précédents et sans tradition. C'est par là qu'il continue Winckelmann, qu'il le complète et l'agrandit. Il comble l'intervalle qui séparait deux mondes : Rome et la Renaissance. On semblait croire, dans une école faussement classique, que pendant plus de dix siècles l'humanité n'avait pas vécu de la vie de l'art, comme si ces longs silences ou ces longs sommeils des facultés les plus vives étaient possibles ou vraisemblables, comme s'il pouvait se faire que, à travers tant de générations, l'homme n'eût empreint nulle part ses émotions ou ses rêves, ni sur un monument, ni sur un marbre, ni sur une toile, ni dans une strophe digne d'être conservée! N'exagérons rien pourtant. La renaissance d'un christianisme pittoresque avec l'école de Chateaubriand avait mis quelques esprits en éveil. Il y avait eu çà et là de vaillants pionniers, frayant la route vers ce monde nouveau ou perdu. Mais à ces efforts isolés manquait quelque chose, la méthode. C'est elle qu'apportait cet esprit ardent et scientifique, inventif et sagace, hardi et réglé. En ce sens, on peut dire que M. Vitet a été le révélateur de ce monde si complexe de l'art au moyen âge, où tout se lie, tout s'enchaîne comme dans les autres époques de l'art, l'architecture, la poésie, la musique, et dont toutes les régions ont été au moins une fois visitées par cet explorateur infatigable, depuis *Les Neumes* jusqu'à *La Chanson de Roland,* depuis Notre-Dame de Noyon jusqu'aux premiers essais des peintres flamands.

Au lieu de définir cette méthode, voyons-la en acte. C'est toujours quelque problème d'origine que se pose M. Vitet, une date à rétablir, un nom à retrouver. Problèmes restreints et limités en apparence, mais qui portent en eux un monde d'idées et de faits. Aussi quelle patiente enquête, quel discernement de toutes les circonstances les plus minutieuses d'où peut sortir une indication, jaillir un trait de lumière ! Jamais le sens de l'analogie et de l'analyse n'a été appliqué avec plus de finesse, ni l'induction conduite par une connaissance plus sûre du milieu historique ou social qui explique les monuments. Quelle plus belle conquête que cette victoire sur le passé qui veut garder son secret? Et quel plus délicat plaisir que de faire cesser cette anarchie grossière des idées, cette confusion barbare des temps, s'il est vrai que « le goût véritable consiste à sentir les différences dans les choses qui se ressemblent » ?

Grâce à lui, plusieurs des grandes lois de l'architecture chrétienne sont entrées dans le trésor commun de l'histoire. Quelques-unes nous sont devenues familières à ce point qu'il semble étrange aujourd'hui qu'on ait eu quelque mérite à les découvrir. Mais n'est-ce pas le signe des belles inventions qu'elles passent dans l'esprit humain sans nom d'auteur et finissent par perdre, dans l'usage de tous, la marque de leur origine? Ne poussons pas cependant jusqu'à l'ingratitude ce droit qu'exerce l'humanité de s'emparer des découvertes du talent ou du génie, en oubliant le nom de celui qui les a faites. Rappelons au moins une des vues qui dominent l'œuvre de M. Vitet. C'est lui qui a mis en lumière ce grand fait, à savoir que le style qu'on appelle improprement gothique, le style à ogive, est indigène, au moins comme système. Il n'est pas né en Orient, comme on l'a cru longtemps. Il n'est pas né au-delà du Rhin, comme on le soutient aujourd'hui dans un pays où l'on aime les annexions, où l'on essaye d'en faire jusque dans le passé. Il est essentiellement français et national.

Dans ces démonstrations, votre confrère mettait, avec son imagination et sa raison, tout son cœur. L'art ogival, c'était pour lui la France du moyen âge à l'heure la plus intéressante de son histoire. C'est un admirable chapitre de nos annales qu'il écrit à cette occasion. Dans l'histoire de l'ogive, dans la simple apparition de l'arc brisé, il se plaît à voir tout un mouvement d'idées : c'est l'esprit du douzième siècle, esprit novateur, hasardeux, systématique (1). Le plein cintre est le symbole attardé de l'ancien état social, le type de l'art hiératique, vivant de traditions et de règles. L'ogive marque une évolution en voie de s'accomplir. Elle est le signe architectural d'une société nouvelle, tourmentée d'une fièvre d'affranchissement. C'est la pensée laïque qui se révèle. « La foi ne perd rien de son ardeur, mais elle se sécularise, pour ainsi dire. » L'art fait de même. Les architectes n'appartiennent plus ni à l'église

(1) *Notre-Dame de Noyon*. — *Étude sur Joinville*.

ni à aucun ordre; ils sont tous des bourgeois, vivant de leur travail et gagnant leur salaire. A peine reste-t-il dans le fond des cloîtres quelques vieux moines essayant encore de manier l'équerre et le compas. Mais l'ogive n'est pas à eux; ils n'en comprennent pas la langue, ils en redoutent même les hardiesses. Ces formes insolites, ces défis superbes aux lois de la pesanteur, ces aspirations et ces élans de la pensée en dehors de toute tradition, les troublent vaguement. Ces poëmes de pierre les inquiètent par leur fantaisie. Ils y voient quelque chose comme un paradoxe contre les règles de leur art, peut-être même une tentative audacieuse contre la nature. Et, tandis qu'ils se retirent des chantiers où s'élèvent nos cathédrales, voici que partout se fondent des associations puissantes et nombreuses de travailleurs, qui s'emparent de la construction des églises et des châteaux. Ces *fraternitates*, confréries laïques, premier type des corporations ouvrières, tout à la fois libres dans une certaine mesure et obéissantes, disciplinées sous un mot d'ordre qui contient le secret de l'art nouveau, c'est le travail associé, la liberté associée, parce qu'elle se sent faible encore, mais c'est déjà la liberté. Ce n'est pas la révolte, c'est le réveil.

On voit ce que deviennent les questions les plus arides, vues de si haut, l'art interprété avec cette puissance, l'histoire associée à l'art et comprise avec cette largeur d'idées. Cette méthode qui produisit de si belles découvertes, cette passion qui anime les problèmes les plus abstraits, M. Vitet les apportait également dans les autres régions de l'art où l'entraînait sa vive curiosité. La passion! Le mot n'est pas trop fort pour peindre et cette ardeur de poursuite, tant que le résultat n'est encore qu'entrevu, et cette plénitude de jouissance quand il est enfin conquis et possédé. Le signe de la passion est de se communiquer. Or je défie qu'on lise sans émotion croissante soit les pages où le génie primitif de la Grèce, le génie archaïque et dorien, est retracé en traits si vifs à propos de *Pindare* et des *Marbres d'Éleusis,* soit les études sur les *Peintres flamands et hollandais* ou les *Fresques de San-Onofrio.* A l'occasion de cette fresque célèbre et de son auteur inconnu, il faut voir quelle gradation d'intérêt dans tout le morceau, moitié enquête, moitié récit, quel art dans la construction des preuves, dans la préparation de la certitude finale; c'est tout un petit drame. M. Vitet arrive à un tel degré de conviction qu'il ne permettrait pas à Raphaël lui-même, s'il revenait au monde, de nier que ce soit là son œuvre. « Vous avez vos raisons pour n'en pas convenir, répondrait-il lui aussi à Raphaël, mais cette fresque est bien de vous. » Pour se représenter quelque état d'esprit analogue à celui de M. Vitet, trouvant la preuve sans réplique et inscrivant sur cette page le nom de Raphaël, il faudrait imaginer M. Cousin retrouvant le *Discours sur les Passions de l'amour* et reconnaissant à chaque ligne la marque souveraine de Pascal. Il ne faut pas moins que cela pour donner l'idée de la joie de M. Vitet, montrant dans chaque détail de la fresque, à mesure qu'elle sort de l'ombre, le signe du dieu de la peinture, éclatant comme le jour.

Ce n'est pas sans regret que l'on quitte la région de ces beaux problèmes et de ces luttes où vainqueurs et vaincus s'estiment et s'éclairent, pour rentrer dans le monde des controverses âpres et sans merci, des victoires sans lendemain, des défaites sans consolation. Nous devons suivre un instant M. Vitet sur le terrain de la politique où il se laissa entraîner par ceux de ses amis qui l'y avaient précédé. Est-ce un bien, est-ce un mal qu'une intelligence née pour d'autres emplois ait cédé à ce dangereux appel? Si l'on ne consulte que l'intérêt de M. Vitet, son bonheur ou ses études, la question n'est pas douteuse, l'abstention eût mieux valu. D'autre part, n'est-il pas d'un bon exemple de voir des esprits de cette trempe se mêler aux débats où se décident les grands intérêts du pays, ne fût-ce que pour maintenir l'habitude des principes, l'élévation et la pureté du langage, dans cette mêlée où le goût exclusif des faits et des calculs, la familiarité des discussions improvisées, la violence des passions, risqueraient d'abaisser le niveau des intelligences? Député de 1834 à 1848, président du comité des finances au conseil d'État, rapporteur plusieurs fois élu de la commission du budget devant la chambre, plus tard membre de l'assemblée législative en 1849 et de l'assemblée nationale en 1871, il étonna ses collègues par la précision de ses connaissances, par sa compétence dans les questions les plus difficiles. Esprit vaste et généralisateur, capable de traiter de haut les plus grandes affaires, il ne se produisit que rarement par des discours; il se défiait à la fois de son ardeur et de sa timidité devant les assemblées et redoutait cette épreuve de la tribune où la haute culture et le goût ne sont pas toujours des garanties de faveur ou de succès. Il préférait la considération au pouvoir. Il l'obtint. Mais, bien qu'il fît grande figure dans les assemblées et que la supériorité de son esprit se fît partout reconnaître et sentir, bien qu'on l'invoquât souvent d'un côté de la chambre et qu'on le redoutât de l'autre, on peut dire que le désir d'être utile à ses amis fut pour beaucoup dans l'activité qu'il y déploya. Sa politique se composait, pour une moitié, de ses idées, pour une autre moitié, de ses affections. Ajoutons que ses affections ne furent jamais en désaccord avec ses principes, puisqu'elles s'appelaient Casimir Périer, le duc de Broglie, M. Guizot. Ce nom, Messieurs, me rappelle un témoignage récent, présent à toutes vos pensées, de cette noble et mutuelle sympathie. Le dernier travail de M. Vitet a pour objet l'*Histoire de France* de M. Guizot, et, par une réciprocité vraiment touchante, les dernières pages de l'illustre historien sont dédiées à la mémoire du vaillant témoin de ses luttes politiques, qui l'avait de si peu précédé dans la mort (1). Ne dirait-on pas que ces deux amitiés ont voulu se consacrer l'une et l'autre devant l'histoire, dans leur attitude d'inviolable fidélité, par cette suprême et fraternelle étreinte de deux mains tendues sur le bord du tombeau?

Parlementaire convaincu, libéral incorrigible, mo-

(1) L'étude de M. Vitet est du 15 mai 1872, celle de M. Guizot, du 1er mars 1874, dans la *Revue des Deux-Mondes*.

déré avec passion, après qu'il eut vu successivement tomber sous une émeute la monarchie constitutionnelle, et le régime parlementaire sous un coup d'État, ayant épuisé la résistance, le cœur brisé mais l'âme fière, il se retira de la vie politique et reprit son métier d'écrivain. Sur le rivage où l'avait rejeté la tempête, avec des sentiments bien contraires à l'indifférence voluptueuse du sage de Lucrèce, il suivait des yeux et du cœur cette navigation incertaine qui depuis plus de quatre-vingts ans promène d'écueils en écueils la fortune de la France et son histoire. Il agitait dans sa pensée solitaire ce problème qui a préoccupé tous les grands esprits de notre temps : Pourquoi la révolution française n'a-t-elle pas encore réussi ? Son but légitime sera-t-il atteint un jour ? Jouirons-nous enfin d'une France libre et pacifiée où les partis ne seront plus, comme aujourd'hui, des passions irréconciliables, mais des opinions également raisonnées, bien que différentes, sur la manière d'entendre le progrès ou l'opportunité des applications ? Et reportant sur l'Angleterre un regard noblement jaloux : « En vérité, s'écriait-il, si l'Angleterre n'avait pas son ciel gris, son froid soleil, sa brumeuse atmosphère, et l'ennui, cet autre brouillard qui la couvre et l'enveloppe, sa part serait trop belle parmi les nations. » Il ne voulait parler ni de sa richesse, ni de sa puissance, c'est d'un bien plus rare qu'il s'agissait. L'Angleterre a fait une révolution, elle a couru cette terrible chance ; elle en a subi les maux, les excès, les folies, et la conquête qu'elle s'était promise au début de cette grande épreuve, non-seulement ne lui a point manqué, mais depuis bientôt deux siècles elle l'a gardée.

Pourquoi cela et d'où vient cette différence entre les deux nations ? M. Vitet repoussait bien loin les explications fatalistes que produit ou l'indolence humaine ou une fausse science (1). Tout en faisant la part des circonstances, il soutient cette fière doctrine que notre liberté est l'ouvrière de nos destins, et que les peuples comme les individus sont, quand ils le veulent, maîtres de leur histoire. Mais, pour cela, il faut que les peuples fassent ce que font les individus qui se conduisent et se redressent par la raison. Il faut que la nation française tâche de réformer son tempérament mobile à l'excès, avide de nouveauté, passionné pour le drame dans l'histoire ; qu'elle comprenne que l'esprit révolutionnaire est le pire ennemi de la Révolution dont il compromet les plus justes conquêtes ; surtout qu'elle essaye de se créer des habitudes de stabilité dans des institutions définies et comme une discipline de liberté raisonnable, de liberté se modérant par la loi. Enfin M. Vitet sentait et proclamait par son exemple que le respect du droit ne sera fondé parmi nous qu'à la condition que tous les partis le pratiquent également, qu'aucun d'eux ne crée de lois d'exception à son profit, que le droit se manifeste comme le pacte de la raison imposé à tous, quand il n'est trop souvent que l'instrument variable des intérêts et la parure des ambitions.

(1) *Essais historiques et littéraires. — La Convention.*

A ce moment de sa vie où la politique, le trahissant de nouveau, rejetait M. Vitet dans les lettres, depuis six ans déjà, il était des vôtres, et depuis plus longtemps encore, devançant vos suffrages, une Académie voisine avait associé comme membre libre à ses travaux l'auteur du savant rapport sur les églises du nord-ouest de la France, l'inspecteur général des monuments historiques qui avait sauvé de la ruine et de l'oubli, plus injurieux que la ruine, tant de précieuses reliques de l'art national. Vous, Messieurs, vous aviez récompensé en lui d'autres mérites : la fermeté de sa critique, la hauteur de ses doctrines, cette vivacité pleine de feu, cette flamme d'imagination qui colore la science, le mouvement de la pensée sensible à travers les formes les plus sévères, une noblesse sans roideur qui n'excluait ni les tours familiers ni la grâce, l'austérité enfin de ce style qui avait à l'occasion son éclair ou son sourire.

Lorsque M. Vitet se présenta devant vous, parmi les écrivains de son temps, il en était peut-être dont le nom était entouré d'un plus grand éclat de célébrité, il n'en était pas dont la réputation fût fondée sur une plus belle élite de suffrages. Il avait mieux que la popularité, il avait l'autorité. Populaire, il ne l'était pas, il ne pouvait pas l'être. On ne l'est qu'au prix de certaines complaisances ou de concessions qui n'allaient guère à la libre et fière allure de son talent. Mais ce qu'on a peine à croire, c'est que, dans les rangs les plus élevés de la société, on trouvait des hommes d'un esprit très-cultivé auprès desquels ces grands travaux, ce rare mérite n'avaient pas encore pénétré. En voici une preuve singulière. Un ami de M. Vitet nous a raconté qu'au moment où se produisit cette candidature digne de tous vos suffrages, étant allé voir le comte Molé, il rencontra dans l'homme d'État un silence peu bienveillant. M. Molé avait bien, il est vrai, quelque raison d'en vouloir à l'un de ces transfuges de la majorité parlementaire qui avaient décidé du triomphe de la coalition. Il faut pardonner beaucoup à un ministre renversé : il faut même lui accorder le droit de ne pas lire avec empressement les œuvres d'un homme qui a voté contre lui. « Mais enfin, lui dit son interlocuteur devenu plus pressant, connaissez-vous l'étude sur Eustache Lesueur? — Assurément non. — Eh bien! promettez-moi d'y jeter les yeux et nous reprendrons cet entretien. » Cette étude avait été le plus grand succès des dernières années dans le public des lettrés et des artistes. Heureux ceux qui, à une heure bénie du travail et de l'inspiration, « se sont élevés d'un jet à l'idéal d'eux-mêmes » et donnent enfin dans un sujet choisi, étudié avec soin, traité avec amour, la plus haute mesure de leurs plus nobles et de leurs plus délicates facultés! Cette heure était venue pour M. Vitet. C'est là qu'il se montre sous son plus beau jour, dans le plus harmonieux résumé de ses connaissances si exactes, de son goût le plus pur, de son talent d'écrivain. Il semble que, par une sorte d'harmonie préétablie entre le peintre et son critique, cette simplicité de Lesueur, cette absence complète de recherche et d'apparat, ce don de l'expression par lequel il nous pénètre et nous ravit, cette chasteté, cette tendresse de pinceau, toutes ces qualités exquises et rares ont passé dans chaque page de cette étude et l'ont comme animée d'un souffle de l'âme du peintre. On s'aperçut que le charme avait agi lorsque, peu de jours après, M. Molé répondit loyalement à de nouvelles ouvertures : « Je suis à lui ; un homme qui a écrit de telles pages appartient à l'Académie. » On s'en aperçut mieux encore au discours par lequel M. Vitet fut accueilli dans cette enceinte : par une rencontre piquante, c'était M. Molé qui devait recevoir votre nouveau confrère. Comme vous le pensez, Eustache Lesueur ne fut pas absent de la fête : un siècle et demi après sa mort notre grand peintre avait fait un académicien et lui souhaitait la bienvenue sur le seuil du temple.

Ce que fut ici la vie de M. Vitet, il ne m'appartient pas de le dire. Je ne puis cependant passer sous silence ces témoignages publics qu'elle a laissés d'elle-même, soit les paroles d'adieu suprême, prononcées au nom de l'Académie sur la tombe d'Alfred de Musset, avec l'accent des vraies douleurs et de la plus éloquente pitié, soit les discours qu'il adressa, comme directeur de votre compagnie, à quelques-uns de vos confrères, un poëte, l'hôte et l'ami des solitudes alpestres, plus tard deux écrivains célèbres qui, par l'éclat et le charme du talent, avaient conquis pour le roman droit de cité parmi vous ; un prêtre enfin, philosophe éloquent, une âme pure, sœur de Fénelon pour la recherche ardente, héroïque de la vérité, comme pour l'héroïsme le plus difficile, celui de la soumission (1). Avec quelle grâce et quelle souplesse d'esprit M. Vitet s'acquitta de ces tâches si variées, on s'en souvient. Le public, avant cette épreuve, avait peine à se figurer qu'un tel homme, consacré à l'art antique, pût être à l'aise pour louer, dans une séance comme celle-ci, ces œuvres d'un accent si moderne, ces peintures émues et fines de nos mœurs, *Marianna* ou *la Maison de Penarvan, la Petite Comtesse* ou *Sibylle.* Comme il triompha de cette difficulté nouvelle et dans quelle belle langue, élevée et transparente, il nous entretint du roman et du théâtre ! Je l'entends comme si c'était hier : j'entends cette voix ferme, accentuée, vibrante, ce débit noble et fin, où se peignaient les nuances de la pensée sans aucune de ces affectations de détail qui nuisent aux effets d'ensemble ou aux mâles impressions d'un discours. L'auditoire était ravi. Des traits charmants ou profonds renouvelaient à chaque instant et soutenaient l'attention. Et ce n'étaient pas de ces éclairs de mots qui surprennent d'abord le regard et ne laissent, après le premier éblouissement, qu'une impression confuse et pour ainsi dire matérielle. C'étaient ces lumières d'idées qui jaillissent d'une raison vive, laissant derrière elles une clarté immatérielle et durable.

Dans les salons comme à l'Académie, votre confrère exerçait une sorte de magistrature du goût. Si quelque nouveau Rœderer fait l'histoire de la société polie au XIXe siècle, on verra quelle place y occupait M. Vitet,

(1) MM. de Laprade, Jules Sandeau, Octave Feuillet, l'abbé Gratry.

sans y avoir jamais songé. Dès qu'il paraissait quelque part, on tendait à sa réserve habituelle des piéges innocents pour lui faire dire ce qu'il pensait de telle œuvre, de tel écrivain ou artiste nouveau. Il le disait simplement, mais avec précision, en donnant à l'appui de son opinion quelques motifs décisifs. Il était par excellence, dans les choses de l'esprit ou de l'art, un juge presque infaillible. Dans ses entretiens les plus familiers se répandait quelque chose de ce goût exquis, formé de la fleur et comme du parfum des chefs-d'œuvre qu'il avait respirés, avec lesquels il avait vécu. L'art moderne lui donnait plus d'une occasion de censure; son goût si pur s'attristait et blâmait souvent. Puis, quand il avait jugé l'œuvre d'hier ou réduit à sa juste mesure le succès du jour, il revenait à ses études de prédilection et se réfugiait très-haut dans l'art ou très-loin dans l'histoire, cherchant, loin de la foule et du bruit, l'austère et jalouse ivresse de la solitude.

Faut-il s'étonner qu'une telle âme fût naturellement religieuse ? M. Vitet trouvait le christianisme partout en lui et autour de lui, dans son cœur, dans ses études, dans sa famille. Mais il se tint longtemps, à l'égard des idées religieuses, dans les termes d'une sympathie respectueuse, ce qu'il appelait spirituellement lui-même « une conviction théorique ». Du jour où il eut perdu une femme tendrement aimée (1), dont le souvenir représentait pour lui vingt-cinq années de bonheur, il se sentit attiré plus près vers le sanctuaire par

(1) Mme Vitet, fille de M. Scipion Périer, mourut le 12 février 1858.

une force irrésistible, comme si c'était là le chemin de ses plus chères espérances. Ce retour n'était-il pas, d'ailleurs, la suite naturelle et comme la récompense mystique de ces études sur l'art chrétien, qui avaient rempli la meilleure part de sa vie? Après avoir bâti sa cathédrale avec un soin et un amour infinis, dans le style le plus hardi et le plus pur, après l'avoir ornée des plus fines sculptures et l'avoir remplie des divines harmonies dont il avait retrouvé la langue dans les manuscrits du moyen âge, il sentit combien tout cela serait froid, abstrait et vide, si la foi ne l'animait pas. Comme par une dernière bienséance et par un pieux scrupule d'artiste qui ne voulait pas laisser son œuvre inachevée, — disons mieux, — touché lui-même des émotions et des sentiments qui avaient renouvelé l'art et qu'il avait peints avec tant de feu, une fois son église idéale construite, il y vint s'agenouiller et prier. La prière complétait l'œuvre de sa vie et donnait pour ainsi dire une âme à son monument.

M. Vitet n'eut à faire aucun sacrifice douloureux à sa foi nouvelle; il garda toutes ses convictions anciennes, en les élevant à cette hauteur où les vérités qui se combattent dans la sphère des passions humaines s'éclairent et se concilient comme sous un rayon divin. Qu'on relise les pages généreuses dans lesquelles il étudie l'état actuel du christianisme en France. De quelle main ferme il saisit les termes du grand problème qui nous divise les uns les autres, et souvent même partage chacun de nous comme en deux esprits irréconciliables! Tout en constatant le réveil des croyances religieuses, leur développement continu à travers les crises apparentes et les hostilités conjurées, avec sa grande expérience des temps modernes, il déclare hautement que tout cela n'est qu'une conquête sans lendemain, s'il ne s'établit une sincère et profonde harmonie entre l'Église et la société telle que l'a faite le XIXe siècle. Est-ce donc un rêve? Est-ce une utopie que l'idée d'un tel accord qui assurerait la paix des consciences et le respect de tous les droits? M. Vitet jugeait cet accord possible, parce qu'il le proclamait nécessaire. Le respect de la liberté humaine, l'amour du droit, la protection des faibles, la lutte contre la force tyrannique et barbare, n'est-ce pas là l'origine historique, la raison humaine de l'Église, le secret de ses triomphes et sa gloire la plus pure? Ne peut-elle faire une paix durable avec la liberté, s'accommoder à son régime, comprendre et bénir ses bienfaits, sans absoudre ses erreurs et sans approuver ses crimes? Puis, se tournant vers la Démocratie et reprenant avec force une doctrine chère à M. de Tocqueville : « Qu'espérez-vous fonder toute seule? disait-il. Vous ne pouvez vivre, vous ne pouvez durer qu'avec une discipline morale qui s'impose à cette multitude de libertés affranchies et souveraines. Cette discipline salutaire, ce frein sauveur, vous ne les trouvez nulle part en dehors du christianisme. Croyez-vous donc pouvoir le remplacer quand vous l'aurez détruit? Ne crée pas qui veut une foi religieuse. C'est folie seulement de le tenter. »

Nous n'avons pas à chercher pourquoi, d'un côté ou

de l'autre, les conseils de M. Vitet furent si peu écoutés. Mais c'est notre droit de prévoir que, si l'on y reste obstinément sourd, si deux intolérances contraires se tiennent résolûment en armes l'une en face de l'autre, comme pour se détruire, nous sommes condamnés à des épreuves pires que celles que nos pères ont connues. Rien ne serait plus à craindre pour l'avenir du monde que l'antagonisme devenu implacable entre la société civile et la société religieuse, et la triste nécessité pour nos descendants d'avoir à choisir entre une Église sans tolérance ou une démocratie sans Dieu.

C'est dans cet ordre de graves méditations qu'une autre tempête, bien imprévue celle-là, vint surprendre M. Vitet : c'était la guerre de 1870. Il se fit en lui comme une transformation. Le vieillard méditatif se redressa sous le coup de nos malheurs, animé d'un sombre enthousiasme. Quelle que soit la tristesse de ces souvenirs, je ne puis ni ne dois m'y soustraire. Vous me reprocheriez de ne rien dire de ces *Lettres* fameuses *du siége* que la *Revue des Deux-Mondes,* faisant campagne à sa manière, publia de quinzaine en quinzaine jusqu'au lendemain de l'armistice. Je viens de relire ces lettres avec une émotion poignante et je ne voudrais en ôter qu'une page. J'ai revu la physionomie de Paris assiégé ; j'ai entendu encore une fois l'écho lugubre des coups de canon qui pendant quatre mois ébranlèrent nos remparts. De loin et de sang-froid on raillait ces petits écrits où respire l'odeur de la poudre, où frémit la fièvre de la bataille. On critiquait cet optimisme indomptable, qui, à la distance des événements, nous fait douloureusement sourire, cette obstination à prévoir des retours impossibles de fortune, ces naïvetés dans l'interprétation des desseins de la Providence qui devait jusqu'au bout rester inexorable, ces prophéties victorieuses tant de fois démenties, cet espoir contre tout espoir qui se relevait de chaque chute et croyait voir, après chaque nuit d'angoisses, l'aurore d'un jour de délivrance. Ce serait un jeu facile et triste que de relever une à une ces erreurs de prévision ou de jugement. Je ne veux me souvenir que de la mâle vertu qui sortait de ces pages enflammées et vengeresses. L'auteur s'est-il trompé? Oui, mille fois. A-t-il fait quelque bien à nos âmes en détresse? Cela seul importe. Quand on songe à ces jours sinistres, à ces ténèbres morales où nous nous consumions, à l'affolement de cette population immense, qui pourrait en vouloir à un écrivain d'avoir entrepris de relever les cœurs? Cet optimisme, ces illusions, ce patriotisme obstiné dans l'espoir, tout cela nous était aussi nécessaire que le pain misérable dont Paris se nourrissait alors, tout cela faisait partie des provisions du siége. — Folie! disaient les gens sages du dehors. Mais j'en appelle à tous ceux qui ont vécu alors avec nous, sans cette folie aurions-nous pu lutter, aurions-nous pu vivre? Et nous avons lutté, et le 1er février 1871 M. Vitet pouvait écrire fièrement ces mots comme l'adieu aux assiégés et l'épitaphe de la grande ville tombée : « Paris a fait plus que son devoir, il a satisfait à l'honneur. »

Il pensait alors avoir rempli la mesure de ses épreuves. Une de ses consolations avait été de croire que cette guerre marquerait la fin de l'hostilité des classes, réconciliées dans le sentiment pieux de la patrie vaincue et de sa grandeur à refaire : dernière compensation pour tant de maux subis, que vint lui ravir tout d'un coup la plus odieuse des guerres civiles. De quelle hauteur d'illusion il retomba, et dans quel abîme ! Que devint-il quand il apprit que son vieux Paris était en feu et que ces flammes avaient été allumées par des mains françaises ? Imaginez M. Vitet contemplant des hauteurs de Meudon l'incendie qui dévorait plus que la fortune de la France, plus que sa gloire, son honneur même. Là-bas, vers le vieux Châtelet, dans ce foyer plus ardent qu'ailleurs, n'est-ce pas la Sainte-Chapelle qui s'écroule, ce tabernacle aérien sous lequel il avait autrefois évoqué Joinville et son royal ami (1) ? Et voilà que, plus près encore, la fournaise s'allume ; elle enveloppe ce cher et noble palais du Louvre dont il a raconté l'histoire. Ces tourbillons de fumée, est-ce la belle conception de Pierre Lescot qui s'abîme dans les flammes ? Et ces toiles qui devaient être immortelles sous la garde du vieux Louvre, les voilà peut-être qui s'évanouissent dans les airs avec l'irréparable pensée de Lesueur et de Raphaël !

Grâce à Dieu, ce grand chagrin fut épargné à cette âme de patriote et d'artiste. Le vieux Louvre reparut intact dans sa sévère beauté, et le premier rayon qui

(1) *Joinville et saint Louis.*

perça le nuage sinistre amassé sur le Palais de justice fit étinceler au soleil la flèche d'or de la Sainte-Chapelle, seule debout au milieu des ruines, comme si une main invisible, celle de saint Louis, en eût écarté les flammes.

Ces angoisses, ces désastres, coup sur coup, avaient frappé M. Vitet au cœur. La politique, dans une assemblée profondément divisée, ne lui offrait non plus que des amertumes. Est-ce bien l'heure de rappeler ces difficultés sans cesse renaissantes, ces négociations entre les divers groupes de l'assemblée, ces vieilles amitiés refroidies ou rompues au gré d'événements plus forts que la sagacité ou la bonne volonté des hommes, plus forts surtout que le patriotisme des partis? Ce que M. Vitet souffrit dans ces déchirements, quelques personnes le savent. Il y eut alors des crises terribles, bien qu'inaperçues au dehors, dans sa vie intérieure. Il s'efforçait de voir clair dans le conflit de ses devoirs politiques, et, pour expliquer une de ses décisions les plus graves, il écrivait en 1872 à un ami ce mot simple et profond : « Quand deux devoirs se contrarient, ma règle est d'opter pour celui qui me plaît personnellement le moins. » Excellente maxime en morale comme en politique : se défier de l'amorce d'un plaisir ou d'une amitié qui prennent l'apparence d'un devoir, choisir entre deux devoirs celui qui ne risque pas d'être un intérêt ou un sentiment déguisé, voilà le trait d'une belle conscience.

A tous ces conflits la vie s'use vite. Les natures délicates présentent trop de parties vulnérables pour se risquer impunément dans ces chocs d'intérêts ou de passions. Il y a là pour elles trop de blessures à recevoir. Elles en souffrent jusqu'au jour où elles en meurent. Ce jour approchait pour votre confrère. Tant d'épreuves avaient épuisé sa force de souffrir. A mesure que la vie lui échappait, il semblait ne plus tenir à la terre que par une pensée : la France. Il ne voulait à aucun prix entendre parler de décadence : « Non, non ! s'écriait-il, repoussant avec horreur ce mot sinistre, il n'est pas vrai que ce glas funèbre ait sonné pour notre cher pays... Cet abîme de douleurs où nous sommes n'est ni le seul abîme, ni le plus profond peut-être où nous soyons tombés... Notre histoire en fait foi. Au lendemain de nos ruines, même de nos folies, quelqu'un nous tend la main, quelqu'un combat pour nous, invisible puissance qui semble n'autoriser ces châtiments de notre orgueil que pour mieux laisser voir qu'elle s'obstine à nous protéger et qu'elle nous a donné ce privilége étrange de travailler au progrès de ce monde par nos désastres comme par nos succès. » C'était bien là le sens de ses dernières paroles. Après une courte maladie qui trompa sa famille elle-même, il s'affaiblit rapidement, et dans la soirée du 5 juin 1873 se répandait la nouvelle de sa mort : une mort sereine et calme, bénie par les Pères de cet Oratoire où il avait tant d'amis, consolée par l'admirable dévouement d'une sœur et la piété filiale d'un neveu, son vrai fils par cette génération de l'âme aussi sacrée que l'autre.

Ici et au dehors, partout où il y aura une âme éprise

de ces deux grandes choses, l'art et la patrie, le nom de M. Vitet sera honoré. Il a fait mieux que juger des œuvres; il a composé une œuvre d'un prix infini, sa vie; il en a maintenu la sévère harmonie à travers de cruelles épreuves. Pas un jour cette âme saine et virile n'a connu la fatigue de vivre. Quand on saisit d'un seul regard l'histoire de cet esprit, qui n'a été occupé que de grandes pensées et dominé que par des passions nobles, la condition humaine se relève à nos yeux, on se remet avec plus de cœur à la tâche de chaque jour, et, quelle que soit la vanité de nos efforts au milieu des événements qui nous emportent, on apprend par ce bel exemple que le devoir de la vie est de penser et d'agir comme si l'on était maître de la fortune, et que la première vertu de l'honnête homme est de ne désespérer jamais ni de son temps ni de son pays.

DISCOURS

DE

M. CAMILLE ROUSSET

DISCOURS

DE

M. CAMILLE ROUSSET

DIRECTEUR DE L'ACADÉMIE

EN RÉPONSE AU DISCOURS PRONONCÉ

PAR M. CARO

POUR SA RÉCEPTION

A L'ACADÉMIE FRANÇAISE

Le 11 mars 1875

PARIS

LIBRAIRIE ACADÉMIQUE

DIDIER ET CIE, LIBRAIRES-ÉDITEURS

35, QUAI DES AUGUSTINS

1875

DISCOURS

DE

M. CAMILLE ROUSSET

Monsieur,

Après le discours éloquent, brillant, varié, que nous venons d'applaudir, que pourrais-je ajouter pour la gloire de M. Vitet? C'est une des grandes difficultés de mon rôle : ce n'est peut-être pas cependant la plus grande. Je dois parler de vous, Monsieur; le sujet est fécond et riche à n'en pouvoir souhaiter de plus favorable; mais je dois parler de vous devant vous, et j'hésite. Cette sensibilité exquise et rare que vous avez si finement analysée dans l'âme de M. Vitet parce que vous en avez connu les émotions dans la vôtre, cette pudeur virile qu'un éloge fait souffrir à l'égal d'une indiscrétion, comment pourrais-je les ménager et rendre en même temps la justice que je dois à tous vos mérites? Et pourtant point d'excuse : il faut que je me range à mon devoir qui est aussi mon droit et mon plaisir; il faudra bien que, de son côté, votre modestie me pardonne si je lui fais quelque violence. Le seul tempérament que j'y puisse apporter, c'est que l'épreuve ne soit ni trop longue ni trop dure.

Peut-être est-ce, après tout, que je m'exagère notre mutuel embarras et vais prendre un peu plus de précautions qu'il ne serait absolument nécessaire; car enfin, Monsieur, vous devez être fait aux applaudissements comme un brave au fracas de la canonnade. Lauréat du prix d'honneur en philosophie au concours général, brillant élève à l'École normale où vous avez bientôt reparu comme maître de conférences, professeur à la Faculté des lettres, dans une chaire où le redoutable souvenir de Jouffroy n'a fait qu'enflammer votre ardeur, adopté par une Académie voisine et sœur de la nôtre, je vous suis, Monsieur, depuis les bancs du collége jusque devant cet auditoire que vous venez de charmer, sans pouvoir saisir la moindre défaillance dans l'élan de votre fortune. J'y vois tout conspirer, non pas seulement l'Institut et la Sorbonne, mais aussi bien le monde et la faveur publique. C'est que votre philosophie ne se renferme point dans l'enceinte étroite de l'école; active et curieuse, elle se répand au dehors, partout où il y a pour elle quelque observation précieuse à recueillir. On la rencontre dans les salons, et il ne lui déplaît pas qu'on la remarque au théâtre.

Il y a, dans la première série de vos *Études morales sur le temps présent*, à propos de quelques-uns de nos auteurs dramatiques et de quelques-unes de leurs pièces les plus renommées, un morceau d'une critique si fine et si pénétrante que les plus piquants discours, ceux mêmes qui ont fait le succès éclatant de notre dernière séance, n'en pourraient diminuer la valeur ni le charme.

C'est avec la même justesse élégante que vous nous donnez la vraie mesure d'un écrivain moderne qui a voulu être un moraliste au rebours de la morale. Stendhal ou, pour lui restituer son vrai nom, Henri Beyle, était un homme de talent qui s'est donné beaucoup de mal pour gâter son caractère et fausser son esprit ; d'un épicurien aimable il a réussi à faire un fanfaron quinteux de paradoxe et de brutalité. Homme du monde et tout au plaisir, Stendhal avait la prétention de bien connaître les femmes qu'il aimait ardemment, mais auprès desquelles son succès n'était pas toujours celui qu'il se flattait d'avoir, et il a cru devoir laisser aux hommes le fruit de son expérience, ou plus exactement de ses expériences, dans un livre qu'il a intitulé *de l'Amour*. C'est tout le contraire du platonisme avec autant de raffinement et de recherche. « J'ai appelé cet essai un livre d'idéologie, » a-t-il osé dire. Un livre d'idéologie ! Quel blasphème ! Vous en êtes indigné, Monsieur, et c'est justice. « Il y aurait, dites-vous, un beau livre à faire sur ce sujet ; mais, pour le faire comme nous l'entendons, il aurait fallu une réunion bien rare de qualités exquises, délicatesse de pensée, finesse d'observation, profondeur de sentiment, et sur tout cela un souffle de Platon. Sentir profondément l'amour, mais le sentir avec respect, car le respect est la condition de la délicatesse ; joindre à la vivacité des impressions une sagacité pénétrante, une heureuse subtilité d'esprit habile à saisir les moindres nuances et les détails les plus fins; avoir dans l'intelligence cet élan de l'idée qui sait rapporter tous les faits humains à leur source la plus élevée, et qui va puiser dans les causes les plus hautes l'explication des plus délicats mystères de notre nature ; à tous ces dons de l'âme unir le privilége d'une langue choisie, pure, à la fois élevée et limpide, pour qu'elle puisse monter jusqu'aux idées supérieures, sans peine et sans effort, et redescendre avec la même grâce jusqu'aux profondeurs du cœur humain qu'elle laisse apercevoir dans sa merveilleuse transparence; que de perfections! Et tout cela n'est pas assez encore : j'ajouterai qu'il faudrait n'avoir vécu que dans un milieu naturellement élevé, je ne dis pas tant par la distinction du rang que par celle du cœur; il faudrait avoir eu cette fortune rare et particulière de ne connaître intimement et autour de soi que des femmes ayant toutes les grâces, mais aussi toutes les pudeurs de leur sexe, sensibles et réservées, de ces femmes qui provoquent les tendresses confuses et les élans secrets du cœur sans éveiller une seule idée de volupté, et dont on croirait profaner par un désir la ravissante et fière image. Il faudrait cela pour parler dignement de l'amour...... Ce livre, tel que nous l'imaginons, dites-vous pour conclure, ce n'est pas Stendhal qui pouvait le faire. » Non, ce n'est pas Stendhal, dirai-je à mon tour ; mais qui pourrait-ce être, à moins que ce ne soit l'esprit heureusement subtil et délié, l'ingénieux analyste, l'écrivain exquis et charmant qui vient de nous en donner l'avant-goût délicieux dans un programme d'une suavité idéale? Si j'allais, ici, à l'instant même, introduire une manière de plébiscite et demander à cet auditoire l'approbation de mon souhait, j'obtiendrais, ou plutôt vous obtiendriez, Monsieur, n'en doutez pas, un vote par acclamation.

Cet appel que je vous adresse, — ne l'oubliez pas, je vous prie, — c'est Stendhal qui m'a induit à le faire, nouveau grief, si c'en est un, dont vous voudrez bien, à ma décharge, grossir son débit déjà considérable ; car il a plus d'un compte à régler avec vous. Stendhal n'est pas un philosophe, mais il a sa philosophie tout opposée à la vôtre. « Nous autres païens, » disait-il volontiers de lui-même et de ses amis. Païens, c'est un euphémisme ; entendons matérialistes, c'est plus simple et plus vrai. « Il niait Dieu, nous dit Mérimée, qui n'est certes point un témoin suspect, et nonobstant il lui en voulait comme à un maître. » Entre l'absolue négation et l'inquiétude rancunière, il avait fini par adopter cette formule qui tient de l'une et de l'autre : « Ce qui excuse Dieu, c'est qu'il n'existe pas. » Je ne suis donc point surpris que, dans le même volume où se trouve votre brillante étude sur la vie, les œuvres et les idées de Stendhal, vous ayez placé un premier essai sur les tendances de cette philosophie négative dont Stendhal a été l'adepte et qu'il a eu le triste orgueil de faire passer dans la pratique de sa vie. L'*Essai sur le mouvement et les tendances de la philosophie française* était aussi un programme, une promesse ; mais le public n'a plus, comme tout à l'heure, à en réclamer de vous l'exécution. Trois ouvrages considérables, *l'Idée de Dieu et ses nouveaux critiques, la Philosophie de Gœthe, le Matérialisme et la Science,* ont passé l'attente des bons juges; votre talent s'y est donné carrière, et le succès de l'écrivain a confirmé le renom et l'autorité du penseur.

La métaphysique a traversé bien des disgrâces; il y a même des gens qui s'imaginent qu'elle est depuis longtemps morte, Voltaire lui ayant, il y a cent ans et plus, porté le dernier coup. Elle a survécu cependant; la raillerie de Voltaire ne l'a pas tuée plus que ne la tuera, je pense, ce qu'on nomme abusivement aujourd'hui l'esprit scientifique. Elle vit si bien que voici votre livre sur *l'Idée de Dieu*, un livre de métaphysique s'il en fut, qui a eu, dès la première année, trois éditions et qui en compte actuellement cinq. Je le dis à l'honneur du public autant qu'au vôtre. Rien n'est plus salutaire que le succès durable de ces œuvres sérieuses et fortes; l'intelligence du lecteur, comme le talent de l'écrivain, s'y éclaire et s'y élève avec le sujet. Et quel sujet plus grand et plus lumineux que celui-ci? Dieu, Cause première, Raison souveraine, créateur du monde que sa Providence maintient et gouverne, l'âme humaine, immatérielle et immortelle, libre et volontaire, unie au corps, mais distincte de lui, supérieure à lui, créée pour survivre à lui, en un mot, tout ce qu'une voix éloquente (1) revendiquait ici naguère

(1) M. Mignet, *Notice sur le duc Victor de Broglie.*

comme le glorieux patrimoine du genre humain, voilà les vérités sublimes dont vous vous êtes porté le défenseur. Qu'elles soient attaquées, ce n'est point un fait à nous surprendre : l'attaque est aussi vieille que la dialectique ; mais ce sont les procédés d'attaque qui se renouvellent et veulent, pour être combattus, des moyens renouvelés dans la défense.

Aujourd'hui c'est une coalition qui investit le spiritualisme. Entre trois ou quatre, les systèmes adverses ont combiné leurs approches ; s'il résiste à celui-ci, on espère bien qu'il n'échappera pas à celui-là, tout au moins à cet autre. Débarrassés une bonne fois de l'ennemi commun, les coalisés, comme d'usage, se disputeront la gloire et les dépouilles. En effet, ils ont des principes qui ne s'accordent pas. Voici le panthéisme où Dieu, étant tout, n'est rien, car il n'a ni existence distincte ni volonté propre. Dans le système voisin, Dieu a pu être un moment, à l'origine des choses ; mais une fois l'impulsion donnée, la matière en mouvement, il est devenu tout à fait inutile, et les causes secondes, désormais suffisantes, ont doucement éconduit la Cause première, en la remerciant, — c'est l'expression même d'un chef d'école, — en la remerciant de ses services provisoires. Erreur ! disent les partisans de l'*éternel devenir,* Dieu n'a jamais été dans le passé, si loin que vous puissiez atteindre ; c'est devant vous qu'il faut regarder, non pas en arrière. Dieu sera peut-être un jour ; nous n'affirmons rien, mais, selon la loi du progrès, il est très-probablement en voie de se faire. Enfin viennent les décidés pour qui

Dieu n'a jamais été, n'est pas et ne sera jamais ; dernier terme de la négation, c'est le matérialisme absolu, le pur athéisme.

Dans ce rapide exposé, j'ai dû, Monsieur, négliger les nuances qui jouent, paraît-il, un grand rôle dans les controverses métaphysiques ; je n'ai même pas indiqué tous les systèmes ; à plus forte raison me garderai-je bien d'introduire ici des noms propres. Il est vrai que, sur ce point délicat, comme dans les grandes parties de la discussion, je n'aurais qu'à vous prendre pour modèle et pour guide. En combattant leurs idées, vous n'avez jamais été blessant pour vos adversaires : générosité rare et qui n'a pas toujours été payée de retour ; mais, dédaigneux des coups qui ne s'adressaient qu'à votre personne, il vous a suffi, comme aux anciens preux, de tenir haut et hors d'atteinte le drapeau d'une grande cause. La polémique, même courtoise, dont vous avez donné l'exemple et dont il était de mon devoir de vous faire honneur, excéderait sans doute ce qui est ici de mon droit ; mais si les convenances académiques m'interdisent de nommer des contemporains, je puis me mettre à l'aise avec l'illustre nom de Gœthe. Aussi bien ce nom résume à peu près les théories modernes et les procédés nouveaux qu'on a mis en usage pour saper le spiritualisme. « Au double titre de savant et de poëte, avez-vous dit, Gœthe représente assez bien les aspirations mêlées et l'éclectisme confus d'un temps comme le nôtre, où l'on prétend concilier une morale active, la doctrine même du progrès, avec un panthéisme qui la rend impossible en droit, sinon en fait, et qui logiquement la détruit... En étudiant un homme, c'est tout un siècle que nous avions devant les yeux. » De cette étude est issu votre livre sur *la Philosophie de Gœthe,* livre excellent, d'un intérêt soutenu et varié, d'un style ferme et souple, le meilleur spécimen de votre esprit, allais-je dire, si le discours auquel je réponds ne venait pas d'ajouter aux marques de son heureuse abondance.

Gœthe n'est pas plus que Stendhal un philosophe de profession, mais il a une philosophie plus sérieuse et plus relevée. Après avoir traversé le mysticisme à la hâte, il était venu tomber sous l'étreinte puissante de Spinoza. Il admirait le génie du maître, mais ce maître était un despote. La raideur de ses formules impératives et géométriques ne pouvait convenir à ce libre et mobile esprit qui disait volontiers de lui-même : « Je ne puis, quant à moi, me contenter d'une seule façon de penser. » Par un vigoureux effort, il se dégagea, rompit ses liens et s'enfuit, emportant avec soi, comme un fragment de la robe de Nessus, un lambeau de panthéisme. C'était le moment où les sciences modernes prenaient leur magnifique essor ; l'inconnu reculait devant elles comme un ennemi vaincu ; la lumière envahissait d'immenses espaces et révélait le fourmillement de la vie en des régions, à des profondeurs qu'on croyait vouées fatalement aux ténèbres et à la mort ; le monde des infiniment grands et le monde des infiniment petits, atteints l'un et l'autre par des instruments optiques d'une puissance énorme, venaient se mettre docilement à la portée de la vision humaine ; le fantastique des vieilles légendes était dépassé. Attirée par l'éclat de ces merveilles, la vive intelligence de Gœthe s'en éprit jusqu'à la passion ; il y eut désormais deux maîtresses de sa vie, la poésie et la science. Saisi d'une ardeur fébrile et comme affolé, c'était son nouvel amour qu'il affichait de préférence par des démonstrations quelquefois hyperboliques. Je prends pour exemple cette scène étrange du 2 août 1830. La révolution de juillet vient d'être connue subitement à Weimar. « Eh bien, s'écrie Gœthe en voyant Eckermann accourir, que pensez-vous de ce grand événement? Le volcan a fait explosion, tout est en flammes; ce n'est plus un débat à huis clos. » — « C'est, répond Eckermann, une terrible aventure; mais dans des circonstances pareilles, avec un pareil ministère, pouvait-on attendre une autre fin que le renvoi de la famille royale? » — « Eh! mon bon ami, reprend Gœthe, nous ne nous entendons pas; je ne vous parle point de ces gens-là. Il s'agit pour moi de bien autre chose! Je vous parle de la discussion, si importante pour la science, qui a éclaté publiquement entre Cuvier et Geoffroy Saint-Hilaire. » Eckermann était confondu; j'avoue que je le suis moi-même. Vous admirez, Monsieur, cette scène et ce que vous nommez les ardeurs toujours jeunes du génie : permettez-moi d'être plus défiant. Je ne sais pourquoi, mais quand je pense à cette anecdote, il m'est impossible de ne me pas rappeler tout de suite ce passage d'une terrible apostrophe de Herder à Gœthe : « Il ne faut point qu'on vienne nous amuser avec des poses de théâtre. » Je ne voudrais pas dire que la préoccupation de Gœthe ne fût pas sincère, mais l'expression en était certainement excessive.

Le spiritualisme a malheureusement à lui reprocher des dédains et des oublis plus graves que ceux dont la politique peut prendre aisément son parti. Ébloui par le spectacle du monde sensible, Gœthe n'a pas cherché à voir au delà ; la création lui a caché le Créateur ; il a tout connu, hors Dieu. Il le nomme pourtant et l'introduit parfois dans ses vers, à titre de personnage poétique ; mais, prenons-y garde, ce n'est point Dieu, c'est la nature divinisée, c'est la vie universelle qui circule incessamment à travers la substance unique, incréée, indestructible, éternelle. Le monde qui n'a jamais commencé, qui n'aura jamais de fin, porte en soi le principe de son existence, la force. Quand on élimine Dieu, encore faut-il qu'on le remplace d'une manière plausible. Ceux qui accusent le spiritualisme de ne se payer que de mots, sont-ils bien sûrs de n'en avoir pas eux-mêmes à revendre, la nature, les forces, les formes, les atomes, que sais-je ? Gœthe est un de ces grands inventeurs de vocables et de symboles. Son imagination féconde crée des fantômes qui se tournent contre lui-même et lui causent par instant une émotion voisine de l'effroi. Faust, amoureux de la beauté antique, veut à tout prix évoquer Hélène et Pâris ; il faut qu'il s'enfonce dans les entrailles de la terre, au milieu des ténèbres, du silence et du vide. Tout à coup apparaissent devant lui des divinités mystérieuses, gardiennes farouches des formes et des types, les Mères. Un jour, l'honnête Eckermann se hasarde à solliciter du maître l'interprétation de ce mythe ; mais lui, les yeux démesurément ouverts, comme saisi d'une horreur sacrée, s'en va répétant : « Les Mères ! les Mères !... Cela sonne d'une façon étrange. » D'explication pas un mot : voyez si le doute d'Eckermann était bien éclairci.

J'interroge à mon tour quelqu'un des métaphysiciens de la nature et lui demande, non pas ce que sont les Mères, mais quelle est son opinion sur le principe du monde ; et le voilà qui me regarde, comme Gœthe, avec de grands yeux, en répétant : « Les forces ! les forces !... Cela sonne d'une façon étrange. » Les forces ou, selon la théorie de l'unité, chère à la science moderne, la force, qu'est-ce à dire ? Qu'est-ce que la force, s'il vous plaît, et d'où vient-elle ? Sur ces entrefaites, passe un savant illustre qui, voyant le désordre de mon interlocuteur, s'approche et nous dit : « L'attraction qui soutient les astres dans l'espace, qui en connaît la nature ? L'affinité qui lie les molécules des corps, n'est-ce pas un mot dont le sens nous échappe ? Notre esprit se représente la matière comme formée d'atomes : savons-nous s'il existe des atomes ? Le physiologiste décrit les phénomènes de la vie : n'ignore-t-il pas ce qu'est la vie ?... Si parfois l'homme se sent fier d'avoir tant appris, ne doit-il pas plus souvent encore se sentir bien humble et bien petit de tant ignorer (1) ? » Belles paroles qui ne sont pas nouvelles pour vous, Monsieur ; car vous les avez naguère entendues et applaudies avec nous dans cette enceinte.

(1) M. Dumas, *Éloge d'Auguste de la Rive.*

Voici une autre gloire de la science française, le doyen de nos chimistes, je me trompe et dois le nommer comme il lui plaît, dans son aimable et spirituelle bonhomie, de se nommer lui-même, le doyen des étudiants de France. Vous lui demandez, Monsieur, ce qu'il pense de la nature, au sens qu'entendent Gœthe et ses adhérents : « Nous ne concevons rien, vous répond-il, à l'opinion bâtarde de ceux qui, voulant bannir de la langue les mots *Dieu* et *Providence,* ont dit *Nature*... Nous ne pouvons comprendre un être doué d'attributs divins qui ne soit pas Dieu, et qui semble n'avoir été imaginé que pour dire aux spiritualistes : « Nous pensons comme vous, » et aux matérialistes : « Nous ne croyons pas à Dieu, mais comme « vous nous croyons à la nature sensible à nos « sens (1). »

Enfin, il y a quelques mois, le président de l'Association française pour l'avancement des sciences, un de nos plus éminents confrères, un maître dont l'autorité scientifique est soutenue par une parole éloquente (2), terminait ainsi son discours d'inauguration : « Tel est l'ordre de la nature ; à mesure que la science y pénètre davantage, elle met à jour, en même temps que la simplicité des moyens mis en œuvre, la diversité infinie des résultats. Ainsi, à travers ce coin du voile qu'elle nous permet de soulever, elle nous laisse entrevoir tout ensemble l'harmonie et la profondeur du plan de l'univers. Quant aux causes premières, elles

(1) M. Chevreul, *Histoire des connaissances chimiques.*
(2) M. Wurtz.

demeurent inaccessibles; là commence un autre domaine que l'esprit humain sera toujours empressé d'aborder et de parcourir. Il est ainsi fait et vous ne le changerez pas. C'est en vain que la science lui aura révélé la structure du monde et l'ordre de tous les phénomènes : il veut remonter plus haut, et dans la conviction instinctive que les choses n'ont pas en elles-mêmes leur raison d'être, leur support et leur origine, il est conduit à les subordonner à une cause première, unique, universelle, Dieu. »

Après ces grands témoignages, — et j'en aurais pu citer bien d'autres, — que devient ce désaccord prétendu, cet antagonisme dont on fait rumeur, entre le spiritualisme et la science? La science? où la prendrons-nous, sinon dans cette cour souveraine, par qui viennent, de tous les points du monde, se faire juger les théories et sanctionner les découvertes? Eh bien! si jamais je sentais en moi s'ébranler ma croyance, c'est à l'Académie des sciences que j'irais la raffermir. Il est vrai, Monsieur, et vous n'hésitez pas à le reconnaître, ç'a été le tort de la philosophie française de s'isoler trop longtemps, de se désintéresser du grand mouvement scientifique dont notre XIXe siècle a le mérite et l'honneur. Plus avisés et plus alertes, les adversaires du spiritualisme ont essayé de détourner le courant au profit de leur cause, et, comme ils avaient pris les devants, ils ont paru triompher d'abord. L'esprit français, un instant surpris, revient peu à peu de cette mauvaise aventure. C'est à la jeune école, c'est à vous, Monsieur, et à vos amis de le remettre dans sa voie. Le naturalisme et le panthéisme nous sont venus d'Allemagne : qu'ils y retournent ! Achevez votre œuvre, rétablissez la philosophie française, et vous aurez bien mérité de l'esprit humain. « On recommencera, dites-vous, non sans lutte, mais avec des méthodes mieux assurées, avec une vue plus exacte et plus étendue des rapports d'ensemble, l'œuvre éternelle de la philosophie. On ressaisira les dogmes essentiels, chers à l'humanité, et, en voyant comme ils s'accordent sans peine avec les données de la science, on s'étonnera d'avoir pu croire un instant que les uns et les autres fussent incompatibles. »

C'est avec une égale confiance que M. Vitet augurait de l'état des âmes dans un avenir prochain. C'est ce rapport de vos idées au grand esprit de votre prédécesseur, cette affinité morale de votre intelligence à la sienne qui a décidé l'Académie à vous confier le soin de prononcer son éloge. Vous l'avez fait, Monsieur, avec une telle ampleur qu'il faut, non pas certes que je vous remercie, mais que je vous complimente au moins de ne m'avoir laissé rien à dire.

C'est surtout dans ses écrits que vous avez cherché M. Vitet pour le peindre ; il n'y a pas, en effet, d'écrivain qui justifie mieux le célèbre adage : « Le style est l'homme même. » Cette langue ferme, pure, sobre, précise, est bien l'expression du caractère et de la personne. Une haute stature, la tête fortement modelée, de grands traits, un front large, d'épais sourcils légèrement froncés par une habitude méditative, le regard profond, la bouche d'un dessin correct et serré, toutes les lignes nettes, arrêtées, distinctes, la physionomie sérieuse, l'air noble, l'attitude simple et grave, voilà l'homme : il imposait. Vous rappelez-vous, Monsieur, l'ancienne façade du vieux Louvre, opposée aux Tuileries ? Cette sévère ordonnance d'une muraille pleine, percée de rares fenêtres, à peu près dépourvue d'ornements, M. Vitet l'admirait et l'a regrettée comme un chef-d'œuvre ; c'était bien, selon son grand goût, le dehors majestueux d'une demeure royale, dont on ne devait approcher qu'avec une gravité respectueuse. Vous traversiez le guichet : quel contraste ! Sur la façade intérieure, des jours multipliés, des pilastres, des colonnes, des marbres, la diversité des ordres, la richesse du décor, la splendeur, en un mot, qui convient à l'éclat d'une cour et à la magnificence d'un roi. C'était dans cette opposition même que Pierre Lescot avait révélé la souplesse de son génie. Ceux qui ont eu l'honneur d'approcher M. Vitet ont passé par les impressions successives que l'architecte du Louvre avait voulu donner aux admirateurs éclairés de son œuvre. Le premier abord était froid ; on se sentait tenu à distance, étudié, pénétré, jugé par un observateur exact, difficile dans le choix de ses relations, et qui ne se faisait pas volontiers tout à tous ; mais, l'épreuve achevée, l'admission permise et le guichet franchi, que de richesses et que de jouissances dans le commerce de cet esprit et de cette âme ! Quelles chaudes affections sous ce froid dehors ! Que de tendresse et de passion sous un aspect si grave !

Il faut une exquise sensibilité, une rare délicatesse, pour prendre dans les arts, de l'aveu des plus grands artistes, l'autorité que M. Vitet y avait prise. Le salon de Rossini, jusqu'au dernier jour, n'a pas eu d'hôte plus honoré ni plus intime, et Meyerbeer ne venait pas une seule fois à Paris qu'il n'essayât, pour une soirée au moins, de disputer à son illustre rival la compagnie d'un tel juge. Passionné pour la musique, M. Vitet avait appris d'un neveu de Méhul l'harmonie et la composition, et reçu de Boïeldieu des conseils. Des essais, connus de quelques amis de sa jeunesse, ont prouvé qu'il savait unir l'inspiration à la science; ceux qui ont eu l'heureuse et rare fortune de le surprendre assis devant un piano, peuvent attester qu'à ce double élément des œuvres mélodiques il savait ajouter l'émotion qui les anime et l'expression qui les achève. Familier avec les chefs-d'œuvre des maîtres, habile à lire une partition, à suivre l'orchestre dans tous les détails comme à le saisir d'un coup d'œil, il portait en connaissance de cause des jugements respectés; on peut dire que ses articles du *Globe* ont fondé en France la critique musicale.

Vous avez trop bien parlé, Monsieur, de sa légitime autorité dans le domaine de l'archéologie et dans les arts du dessin pour que je n'aie pas l'appréhension de tomber dans les redites. Ce qu'il estimait le plus dans tous les genres et ce qu'il recherchait le plus dans toutes les œuvres, d'art ou de littérature, c'était la sincérité, l'expression simple et vraie d'un sentiment naturel; son goût s'offensait d'une invention excessive, d'une décoration trop chargée, d'un style déclamatoire. Sans aucune affectation d'archaïsme, la tendance de son esprit le portait vers les âges de foi naïve où la pensée humaine, sous une forme ou sous une autre, se traduisait avec ingénuité, où l'âme transparaissait, pour ainsi dire, à travers le corps. D'autres fois, sans remonter si loin, il lui suffisait, par exemple, de consulter le XVIIe siècle pour opposer à l'emphase de Lebrun la simplicité de Lesueur. Avez-vous remarqué, Monsieur, avec quelle habileté de composition il enchâsse dans la Vie du peintre de saint Bruno ce travail exquis, gravé avec toute la finesse et toute la perfection d'une intaille, sur l'histoire de la peinture en Italie et en France, du milieu du XVIe au milieu du XVIIe siècle? Vingt pages pour l'Italie, vingt pages pour la France, il ne lui faut pas plus, et nous avons de ces cent années-là le résumé le plus complet et le plus lumineux que je connaisse. C'est un des rares morceaux qu'il soit possible de détacher d'un écrit de M. Vitet sans en rompre la trame. Telle est, en effet, la texture de son œuvre, tels sont l'enchaînement et la cohésion des parties qui la composent, qu'il faut ne citer rien ou tout citer.

Vous avez cependant, Monsieur, su trouver à cette règle générale d'heureuses exceptions; j'en ai trouvé moi-même, une surtout : vous voulez sans doute bien que je vous fasse part de ma bonne fortune. C'est dans une étude sur le Palais-Royal, à propos d'Anne d'Autriche et des neuf années de sa régence, une rapide évocation de la Fronde, illuminée comme par un éclair.

« Quelle histoire, s'écrie M. Vitet, que celle de ces neuf années ! Quelle conclusion spirituelle et pittoresque à quatre-vingt-dix ans de guerres civiles ! Chez quel peuple, à quelle époque trouver un drame plus varié, plus brillant, des physionomies d'acteurs plus vives, plus élégantes? L'esprit et les créations de Beaumarchais lui-même pâlissent devant ces tourbillons d'intrigues, de cabales et de galanteries. D'abord un délicieux préambule de cinq années, entremêlé de jeux de cour et de victoires, comme Rocroi et Nordlingen; puis, tout à coup, le vieux sang ligueur se réchauffant et bouillonnant de colère, les mousquets et les barricades envahissant les rues, le peuple en armes, la cour en fuite, la magistrature en guerre ouverte, deux armées en campagne; et tout cela, moitié pour rire et moitié pour tout de bon ; espèce de divertissement d'un genre mixte, inventé pour le plaisir de quelques duchesses *aux yeux de turquoise et aux dents de perle,* pour le délassement d'un Mirabeau en camail et en rochet, fanfaron de vice et de popularité, jaloux de Catilina et de Mazarin. On s'aime, on s'adore, on se quitte, on se trahit, on se bat, on s'agite, puis, quand chacun a bien fait parler de soi, quand tout le monde est ruiné, épuisé, harassé, le cinquième acte arrive par lassitude, et, comme dans toutes les bonnes et grandes comédies, l'action se termine par une mystification générale des vainqueurs et des vaincus. »

C'est en mars 1830 qu'était crayonnée cette brillante et vive esquisse : à quatre mois de là, les barricades de la Ligue et de la Fronde se relevaient devant l'auteur des *Scènes historiques*, la comédie s'achevait en drame, l'émeute en révolution, et M. Vitet se trouvait jeté dans la politique. L'attitude qu'il y a voulu prendre, les limites qu'il avait fixées lui-même à son essor, ce stoïcisme d'une âme forte, étrangère à l'ambition, mais toute au devoir, l'influence que ce désintéressement même lui avait acquise, ses conseils recherchés, écoutés, suivis par des hommes d'État considérables, par M. Guizot, par le comte Duchâtel, par le duc de Broglie, les honneurs qui venaient le surprendre, les fonctions éminentes que plusieurs de nos assemblées politiques lui ont successivement déférées, toutes ces marques d'un noble caractère et tous ces témoignages de l'estime publique, je n'ai même plus à les rappeler, Monsieur, devant l'assistance qui vient de vous entendre. Encore moins me permettrais-je d'ajouter rien au tableau dramatique de Paris assiégé dont mes souvenirs me représentent, comme les vôtres, l'émouvante et saisissante image. M. Vitet y tient, selon le droit, la place qu'il s'y est faite; ce n'est pas l'auteur des *Jours d'épreuve* qui pouvait méconnaître ou désavouer, comme une indiscrétion regrettable, l'action éloquente des *Lettres du siége* et, j'oserai dire, leur inspiration *tyrtéenne*. Je vois encore, Monsieur, votre illustre prédécesseur, je le vois, dans une rue de Paris, rencontrant par hasard et saluant au passage quelques hommes de bonne volonté qui s'en allaient faire leur devoir aux avant-postes ; je vois son geste ému, et je sens encore le tressaillement généreux qui, de son âme frémissante, se communiquait à nos âmes.

On vit plus vite dans les grandes émotions : vous l'avez dit, Monsieur, on en meurt peut-être aussi plus vite. Avant de partager les douleurs de la patrie mutilée, M. Vitet, pour son propre compte, avait cruellement souffert. Il avait perdu la compagne de sa vie ; il avait perdu cet ami, plus qu'un ami, ce frère, le comte Duchâtel, à qui je m'étais flatté de pouvoir aujourd'hui rendre hommage. C'est vous qui l'avez fait, Monsieur, c'était votre droit ; souffrez du moins que je donne au regret d'avoir été prévenu l'expression que réclament également les souvenirs d'une intimité bienveillante et d'une affection respectueuse.

M. Vitet n'était pas de ces hommes que le malheur terrasse. Convaincu de la supériorité infinie de l'esprit sur la matière, il avait, dans les jours heureux, élevé son âme, éprise de l'idéal, vers ces régions sereines où l'art pur a son principe et d'où l'inspiration descend sur le génie des grands maîtres : il y trouva, dans les mauvais jours, la divine consolation qui descend sur les douleurs humaines. Le spiritualiste était devenu un grand chrétien.

Si j'avais l'honneur d'être peintre, j'imaginerais une composition dont l'ordonnance serait empruntée à l'*Ecole d'Athènes* de Raphaël. Au sommet, sous un vaste portique, je placerais M. Guizot, le comte Duchâtel, le duc Victor de Broglie ; près d'eux, d'un côté, Jouffroy et Victor Cousin, de l'autre, Villemain et le baron de Barante ; sur les degrés, çà et là, des archéologues, Prosper Mérimée, Auguste le Prévost, Charles Lenormant, Jean-Jacques Ampère ; des artistes, peintres, sculpteurs, architectes, Ingres, Eugène Delacroix, Ary Scheffer, Paul Delaroche, Victor Orsel, Hippolyte Flandrin, Simart, Visconti, Duban ; au premier plan, des musiciens, Boïeldieu, Rossini, Meyerbeer. Cependant, parmi ces amis personnels de M. Vitet, comme lui enlevés de ce monde, où le placer lui-même ? Auquel de ces groupes le rattacher ? Car chacun le réclame. C'est au milieu d'eux tous que je l'introduirais, entre Montalembert et le Père Gratry, s'entretenant de l'âme immortelle et rendant gloire à Dieu.

Paris. - Typographie Georges Chamerot, rue des Saints-Pères, 19.

LIBRAIRIE ACADÉMIQUE

DIDIER ET CIE

PARIS

35, QUAI DES AUGUSTINS, 35

—

1873

NOUVELLES PUBLICATIONS

ROME SOUTERRAINE

RÉSUMÉ DES DÉCOUVERTES DE M. DE ROSSI

DANS LES CATACOMBES ROMAINES

PAR J. SPENCER NORTHCOTE & W.-R. BROWNLOW

TRADUIT DE L'ANGLAIS, AVEC DES ADDITIONS ET DES NOTES

PAR M. PAUL ALLARD

ET PRÉCÉDÉ D'UNE PRÉFACE PAR M. DE ROSSI

Deuxième édition, revue et augmentée par le traducteur

1 beau vol. grand in-8, raisin, illustré de 70 vignettes, de 20 chromolithographies et plans

Prix : Broché, 30 fr.; en belle demi-reliure, 35 fr.

HISTOIRE DE COLBERT

ET DE SON ADMINISTRATION

PAR PIERRE CLÉMENT, DE L'INSTITUT

Précédée d'une Préface, par M. GEFFROY, de l'Institut

2 forts vol. in-8. . . . . 16 fr.

HISTOIRE DE LA PHILOSOPHIE EN ANGLETERRE

DEPUIS BACON JUSQU'A LOCKE

Par Charles DE RÉMUSAT, de l'Institut

2 vol. in-8. . . . . . . 14 fr.

COMPLÉMENT DES ŒUVRES DE VILLEMAIN

HISTOIRE DE GRÉGOIRE VII

PRÉCÉDÉE D'UN DISCOURS SUR L'HISTOIRE DE LA PAPAUTÉ JUSQU'AU XIe SIÈCLE

PAR M. VILLEMAIN

2e édition, revue. 2 vol. in-8, ornés du portrait de M. Villemain. . . . 15 fr.

HISTOIRE — LITTÉRATURE — PHILOSOPHIE

ÉDITIONS IN-8

AMPÈRE (J.-J.)

Histoire littéraire de la France avant et sous Charlemagne. Nouv. édit. 3 vol. in-8. . . . . 22 fr. 50
Formation de la langue française. Complément de l'*Histoire littéraire*. Nouvelle édition, revue et corrigée. 1 vol. in-8. . . . . 7 fr. 50
La Philosophie des deux Ampère, publiée par M. J. Barthélemy Saint-Hilaire. 1 vol. in-8. . . . . 7 fr. 50
La Grèce, Rome et Dante. 3e édition. 1 vol. in-8. . . . . 7 fr. 50
La Science et les Lettres en Orient. 1 vol. in-8. . . . . 7 fr. 50

D'ASSAILLY

Albert le Grand. L'ancien monde devant le nouveau. 1re partie. 1 vol. in-8 7 fr 50
Les Chevaliers poëtes de l'Allemagne. — *Minnesinger*. 1 vol. in-8. . 5 fr.

D'AZEGLIO

L'Italie de 1847 à 1865. Correspondance politique publiée par M. Eug. Rendu. 1 vol. in-8 . . . . 7 fr.

BADER (CLARISSE)

La Femme dans l'Inde antique. (*Ouvrage couronné par l'Académie française.*) 1 vol. in-8. . . . . 6 fr.

BARANTE

Vie de Mathieu Molé. — *Le Parlement et la Fronde*. 1 vol. in-8. . . . . 6 fr.
Histoire du Directoire de la République française, *complément de l'Histoire de la Convention*. 3 forts volumes grand in-8 cavalier. . . . . 18 fr.
Études historiques et biographiques. 2 vol. in-8. . . . . 14 fr.
Études littéraires et historiques. 2 vol. in-8. . . . . 14 fr.
Pensées et réflexions morales et politiques du comte de Ficquelmont, précédées d'une notice par M. de Barante. 1 vol. in-8. . . . . 6 fr.
Œuvres dramatiques de Schiller, trad. de M. de Barante. Nouvelle édition revue. 3 vol. in-8. . . . . 18 fr.

BARET (E.)

Les Troubadours et leur influence sur les littératures du Midi de l'Europe. 1 vol. in-8. . . . . 6 fr.

BARTHÉLEMY (ED. DE)

La Galerie des Portraits de mademoiselle de Montpensier : Éloges des seigneurs et dames, etc. Nouv. édit. avec notes. 1 vol. in-8. . . . . . . 6 fr.

BASTARD D'ESTANG

Les Parlements de France. Essai historique sur leurs usages, leur organisation et leur autorité. 2 forts volumes in-8. . . . . 15 fr.

BERRYER

Œuvres. 1re série. *Discours parlementaires*. 5 vol. in-8 . . . . 35 fr.

BERSOT (ERN.)

Morale et politique. 1 vol. in-8. . . . . 6 fr.
Essais de philosophie et de morale. 2 vol. in-8. . . . . 12 fr.

BERTAULD

Philosophie politique de l'histoire de France. 1 vol. in-8. . . . . . 6 fr.
La Liberté civile. Nouv. études sur les publicistes contemporains. 1 v. in-8. 7 fr.

BERTRAND (ALEX.) ET GÉNÉRAL CREULY

Guerre des Gaules. Commentaires de J. César. Trad. nouv. avec texte. 2 vol. in-8. Le 1er est en vente. Prix du vol. . . . . 7 fr.

BIMBENET (EUG.)

Fuite de Louis XVI à Varennes, d'après les documents judiciaires et administratifs, etc. 1 vol. in-8 avec des fac-simile. . . . . 7 fr. 50

J. F. BOISSONADE

Critique littéraire sous le Ier empire, avec une notice par M. Naudet, de l'Institut, et une étude de M. F. Colincamp, etc. 2 forts vol. in-8 avec portrait. 15 fr.

BONNEAU AVENANT

Madame de Miramion. Sa vie et ses œuvres charitables. (*Ouvrage couronné par l'Académie française*). 1 vol. in-8 orné d'un joli portrait. . . . 7 fr. 50

BONNECHOSE (ÉMILE DE)

Histoire d'Angleterre, depuis les temps les plus reculés jusqu'à l'époque de la Révolution française, avec un résumé chronologique des événements jusqu'à nos jours. (*Ouvrage couronné par l'Académie française.*) 2e édit. 4 vol in-8. . 28 fr.

BROGLIE (DUC DE)

Écrits et Discours. Philosophie, littérature, politique. 3 vol in-8. . . . 18 fr.

BROGLIE (A. DE)

Nouvelles études de littérature et de morale. 1 vol. in-8. . . . . . 7 fr.
L'Église et l'Empire romain au IVe siècle. — 3 parties en 6 vol. in-8. 42 fr.

BUNSEN (C.-C. J. DE)

Dieu dans l'histoire, traduction de M. Dietz, avec une étude biographique par M. Henri Martin. 1 fort vol. in-8 . . . . 7 fr. 50

CALDERON DE LA BARCA

Œuvres dramatiques, traduction de M. Ant. de Latour, avec une étude, des notices et des notes. (*Ouv couronné par l'Acad. française*.) 2 v. in-8. 12 fr.

CARNÉ (L. DE)

Souvenirs de ma jeunesse au temps de la Restauration 1 vol. in-8. 6 fr.
Les États de Bretagne. 2 vol. in-8. . . . . 12 fr.
Les Fondateurs de l'Unité française. Suger, saint Louis, Du Guesclin, Jeanne d'Arc, Louis XI, Henri IV, Richelieu, Mazarin. 2 vol. in-8. . . . . . 12 fr.
La Monarchie française au XVIIIe siècle. Études historiques sur les règnes de Louis XIV et de Louis XV. Nouv. édit. 1 vol. in-8. . . . . 6 fr.

CHAIGNET (ED.)

Pythagore et la Philosophie pythagoricienne. (*Ouvrage couronné par l'Académie des Sciences morales*) 2 vol. in-8. . . . . 12 fr

CHAMPOLLION LE JEUNE

Lettres écrites d'Égypte et de Nubie en 1828 et 1829. Nouv. édit. 1 vol. in-8 avec planches. . . . . 7 fr. 50

CHASLES (PHIL.)

Voyages d'un critique à travers la vie et les livres. *Première série*: **Orient.** — *Deuxième série*: **Italie et Espagne.** 2 vol. in-8. . . . . 12 fr.

CHASLES (ÉMILE)

Michel de Cervantes. Sa vie, son temps, etc. 1 vol. in-8. . . . . 6 fr.

CHASSANG

Apollonius de Tyane, sa vie, ses voyages, ses prodiges, par Philostrate, et ses Lettres ; ouvr. trad. du grec, avec notes, etc. 1 vol. in-8. . . . . 6 fr.
Histoire du Roman dans l'antiquité grecque et latine, et de ses rapports avec l'histoire. (*Ouvrage couronné par l'Académie des inscriptions.*) 1 vol. in-8. 6 f.

CHERRIER (DE)

Histoire de Charles VIII, roi de France. 2 vol. in-8. . . . . 14 fr.

CLÉMENT (CHARLES)

Prudhon, sa vie, ses œuvres et sa correspondance. 2e éd. 1 v. in-8. 6 fr.
Géricault. — *Étude biographique et critique*, avec le catalogue raisonné de l'œuvre du maître. 1 vol. in-8. . . . . fr.

CLÉMENT (PIERRE)

L'Abbesse de Fontevrault, *Gabrielle de Rochechouart de Mortemart.* 1 vol. in-8, orné d'un portrait. . . . . 7 fr. 50
Enguerrand de Marigny, *Beaune de Semblançay, le chevalier de Rohan.* Episodes de l'histoire de France. 2e édition. 1 vol. in-8. . . . . 6 fr

COMBES (F.)

La Princesse des Ursins. Essai sur sa vie et son caractère politique. 1 v. in-8. 5 fr.

COURCY (MARQUIS DE)

L'Empire du Milieu. État et description de la Chine. 1 fort vol. in-8. . . . 9 fr.

COURDAVEAUX

Caractères et Talents. Études de littérature ancienne et moderne. 1 vol in-8. 6 fr.
Entretiens d'Épictète. trad. nouvelle et complète. 1 vol. in-8. . . . . . 7 fr.
Eschyle, Xénophon et Virgile. 1 vol. in-8. . . . . 5 fr.

COUSIN (V.)

La Jeunesse de Mazarin. 1 fort vol. in-8. . . . . 7 fr.
La Société française au XVIIe siècle, d'après le *Grand Cyrus,* roman de mademoiselle de Scudéry. 3e édit. 2 vol. in-8. . . . . 14 fr.
Madame de Chevreuse. 5e édit. 1 vol. in-8, orné d'un joli portrait. . . 7 fr.
Madame de Hautefort. 2e édit. 1 vol. in-8. avec un joli portrait. . . . . 7 fr.
Jacqueline Pascal. 7e édition. 1 vol. in-8, *fac-simile* . . . . 7 fr.
La Jeunesse de madame de Longueville. 7e édit. 1 v. in-8, 2 port. 7 fr.
Madame de Longueville pendant la Fronde 2e édit.). 1 vol. in-8 . . 7 fr
Madame de Sablé. 2e édition. 1 vol. in-8, avec portrait. . . . . 7 fr.
Études sur Pascal. 1 vol. in-8. (*Sous presse.*)
Fragments et Souvenirs littéraires. 1 vol. in-8. . . . . 7 fr.
Premiers Essais de Philosophie 4e édit. 1 vol. in-8 . . . . 6 fr.
Philosophie sensualiste du XVIIIe siècle. Nouvelle édit. 1 vol. in-8. 6 fr.
Introduction à l'Histoire de la Philosophie. Nouv. édition. 1 vol. in-8. . 6 fr.
Histoire générale de la Philosophie depuis les temps les plus anciens jusqu'au XIXe siècle. 10e édit. 1 vol. in-8. . . . . 7 fr. 50
Philosophie de Locke. Nouvelle édition entièrement revue. 1 vol. in-8. 6 fr.
Du Vrai, du Beau et du Bien. 17e édit. 1 vol. in-8 avec portrait. . . . 7 fr.
Fragments pour servir à l'histoire de la philosophie. 5 vol. in-8. . 30 fr.
Séparément : **Philosophie ancienne et du moyen âge.** 2 vol. in-8. . 12 fr.
— **Philosophie moderne.** 2 vol. in-8. . . . . 12 fr.
— **Philosophie contemporaine.** 1 vol. in-8. . . . . 6 fr.

CRAVEN (Mme AUG.), NÉE LA FERRONNAYS

Récit d'une Sœur. Souvenirs de famille. 19e édition. 2 vol. in-8, avec un beau portrait. . . . . 15 fr.

DANTIER (ALPH.)

L'Italie. Études historiques (*Ouvrage couronné par l'Académie française*). 2 vol. in-8. . . . . 15 fr.
Les Monastères bénédictins d'Italie. Souvenirs d'un voyage littéraire au delà des Alpes. (*Ouvrage couronné par l'Académie française.*) 2 vol. in-8. 15 fr.

DAUDVILLE

Physiologie des instincts de l'homme. 1 vol. in-8. . . . . 6 fr.

DELAPERCHE

Essai de philosophie analytique. 1 vol. in-8. . . . . fr.

DELAUNAY (FERD.)

Moines et Sibylles dans l'antiquité judeo grecque. 1 vol. in-8. . . . . . 7 fr.
Philon d'Alexandrie. *Écrits historiq.*, trad. et préc. d'une intr. 1 v. in-8. 7 fr.

DELÉCLUZE (E.-J.)

Louis David, son école et son temps. Souvenirs. 1 vol. in-8. . . . . . . 6 fr.

DELOCHE (MAX.)

La Trustis et l'Antrustion royal sous les deux 1res races 1 vol. gr. in-8. 10 fr.

DESJARDINS (ALBERT)

Les Moralistes français au XVIe siècle (*Ouvr. cour. par l'Acad. franc.* 1 vol. in-8. . . . . 7 fr. 50

DESJARDINS (ERNEST)

Le grand Corneille historien. 1 vol. in-8. . . . . 5 fr.

Alésia (7e CAMPAGNE DE JULES CÉSAR). Résumé du débat, etc., suivi de notes inédites de Napoléon Ier sur les COMMENTAIRES DE JULES CÉSAR. In-8, avec *fac-simile*. 3 fr.

DESNOIRESTERRES (GUST.)

Gluck et Piccinni. *La musique française au XVIIIe siècle*. 1 v. in-8. 7 fr. 50

Voltaire et la Société au XVIIIe siècle. 6 séries ou volumes: *La Jeunesse de Voltaire* (épuisé). *Voltaire à Cirey. Voltaire à la cour. Voltaire et Frédéric. Voltaire aux Délices. Voltaire et J.-J. Rousseau.* Le vol. à. . . . . 7 fr. 50

DREYSS (CH.)

Mémoires de Louis XIV POUR L'INSTRUCTION DU DAUPHIN. 1re édit. complète, avec une étude sur la composition des Mémoires et des notes. 2 vol. in-8. . 12 fr.

DUBOIS (D'AMIENS) (FRÉD.)

Éloges prononcés à l'Académie de médecine. PARISET, BROUSSAIS, ANT. DUBOIS, RICHERAND, BOYER, ORFILA, CAPURON, DENEUX, RÉCAMIER, ROUX, MAGENDIE, GUÉNEAU DE MUSSY, G. SAINT-HILAIRE, CHOMEL, THÉNARD, etc., etc. 2 vol. in-8. 10 fr.

DUBOIS-GUCHAN

Tacite et son siècle, ou la société romaine impériale, d'Auguste aux Antonins, dans ses rapports avec la société moderne. 2 beaux volumes in-8. . . . . 14 fr.

A. DUCASSE

Le général Vandamme et sa correspondance. 2 vol. in-8. . . . . . . 12 fr.

DUCLOS (H.)

Madame de La Vallière et **Marie Thérèse d'Autriche**, femme de Louis XIV, avec pièces et documents inédits. 2e édit., 2 vol. in-8. . . . . 10 fr.

DU MERIL (EDELST.)

Histoire de la Comédie ancienne. 2 vol. in-8. . . . . 14 fr.

DUMONT (ALB.)

Le Balkan et l'Adriatique. 1 vol. in-8, ... 6 fr.

DURAND DE LAUR

Erasme, sa vie, son œuvre. 2 forts vol. in-8. . . . . 15 fr.

EGGER

L'Hellénisme en France. Leçons sur l'influence des études grecques sur la langue et la littérature françaises. 2 vol. in-8. . . . . 15 fr.

FABRE (A.)

La Correspondance de Fléchier avec Madame des Houlières et sa fille. 1 vol. in-8. . . . . 6 fr.

FALLOUX (Cte DE)

Madame Swetchine. Sa vie et ses pensées, publiées par M. DE FALLOUX. 11e édit. 2 vol. in-8, ornés d'un portrait. . . . . 15 fr.

Lettres de madame Swetchine, publ. par M. DE FALLOUX. 3 vol. in-8. 22 fr. 50

Correspondance du P. Lacordaire avec madame Swetchine, publiée par M. DE FALLOUX. 1 vol. in-8. . . . . 7 fr. 50

FAVRE (L.)

Le chancelier Estienne Denis Pasquier. Souvenirs de son dernier secrétaire. 1 vol. in-8. avec portrait.. . . . . 7 fr. 50

FERRARI (J.)

La Chine et l'Europe, leur hist. et leurs traditions comparées. 1 vol. in-8. 7 f. 50

Histoire des Révolutions d'Italie, ou Guelfes et Gibelins. 4 vol. in-8. 24 fr.

FERRI (LOUIS.)

Histoire de la Philosophie en Italie au XIXe siècle. 2 vol. in-8. . . . 12 fr.

FEUGERE (LÉON)

Les Femmes poëtes au XVIe siècle, étude suivie de notices sur Mlle de Gournay, d'Urfé, Montluc, etc. 1 vol. in-8. . . . . 5 fr.

FLAMMARION

Récits de l'infini. *Lumen, Histoire d'une comète*, etc. 1 vol. in-8. . . 6 fr.

La Pluralité des mondes habités. Étude où l'on expose les conditions d'habitabilité des terres célestes, etc. Nouv. édit. 1 fort vol. in-8 avec figures. . 7 fr.

FRANCK (AD.)

Moralistes et Philosophes. 1 vol. in 8. . . . . 7 fr. 50
Philosophie et Religion. 1 vol. in-8. . . . . 7 fr. 50

GANDAR

Lettres et souvenirs d'enseignement, publiés par sa famille, avec une *Étude* par M. SAINTE-BEUVE. 2 vol. in-8. . . . . 15 fr.
Choix de Sermons de la jeunesse de Bossuet. Édition critique d'après les textes, avec introduction, notes et notices. 1 vol. in-8, 5 fac-simile. . 7 fr. 50

GEFFROY (A.)

Lettres inédites de Mme des Ursins, avec une introd. et des notes. 1 v. in-8. 6 fr.

GERMOND DE LAVIGNE

Le Don Quichotte de F. AVELLANEDA, trad. de l'espagnol et annoté. 1 v. in-8. 5 fr.

GERUZEZ

Histoire de la littérature française jusqu'à la Révolution. (*Ouvrage couronné par l'Académie française.*) Nouvelle édition. 2 vol. in-8. . . . . 14 fr.

GIRON (A.) ET FISTON (CYR.)

Les petits-fils des Douze Césars. Satires franç.-latines. 1 beau vol. in-8, eau-forte. . . . . 7 fr. 50

GODEFROY-MENILGLAISE (Mis DE)

Les savants Godefroy. Mémoires d'une famille pendant les XVIe, XVIIe et XVIIIe siècles. 1 vol. in-8. . . . . 7 fr.

GODEFROY (F.)

Lexique comparé de la langue de Corneille et de la langue du XVIIe siècle en général. (*Ouvrage couronné par l'Académie française.*) 2 vol. in-8. . . . . 15 fr.

GONNEVILLE (Cel DE)

Souvenirs militaires, publiés par Mme de Mirabeau sa fille, et précédés d'une étude par le général AMBERT. 1 vol. in-8. . . . . 7 fr.

GUADET

Les Girondins, leur vie politique et privée, leur proscription, leur mort. 2 vol. in-8. . . . . 12 fr.

GUÉRIN (MAURICE DE)

Journal, lettres et fragments, publiés par M. TREBUTIEN, avec une étude par M. SAINTE-BEUVE. 1 volume in-8. . . . . 7 fr.

GUÉRIN (EUGÉNIE DE)

Journal et lettres, publiés par M. TREBUTIEN. (*Ouvrage couronné par l'Académie française.*) 2 vol. in-8. . . . . 14 fr.

GUIZOT

Sir Robert Peel, étude d'histoire contemporaine, accompagnée de fragments *inédits* des Mémoires de Robert Peel. Nouvelle édition. 1 vol. in-8. . . . . 6 fr.
Histoire de la Révolution d'Angleterre, depuis l'avénement de Charles Ier jusqu'à la mort de R. Cromwell (1625-1660). 6 vol. in-8, en 3 parties. . . 42 fr.
— **Histoire de Charles Ier,** depuis son avénement jusqu'à sa mort (1625-1649) précédée d'un *Discours sur la Révolution d'Angleterre.* 8e édit. 2 vol. in-8. 14 fr.
— **Histoire de la République d'Angleterre et de Cromwell** (1649-1658). 2e édit. 2 vol. in-8. . . . . 14 fr.
— **Histoire du protectorat de Richard Cromwell,** et du *Rétablissement des Stuarts* (1659-1660). 2e édit. 2 vol. in-8. . . . . 14 fr.
Études sur l'Histoire de la Révolution d'Angleterre. 2 vol. in-8 :
— **Monk. Chute de la République.** 5e édit. 1 vol. in-8, portrait. . . . . 6 fr.
— **Portraits politiques** des hommes des divers partis : *Parlementaires, Cavaliers, Républicains, Niveleurs.* Études historiques. Nouv. édit. 1 vol. in-8. 6 fr.
Essais sur l'Histoire de France 10e édit. 1 vol. in-8. . . . . 6 fr.
Histoire des origines du gouvernement représentatif et des institutions politiques de l'Europe, etc. Nouv. édit. 2 vol. in-8. . . . . 10 fr.
Histoire de la civilisation en Europe et en France, depuis la chute de l'empire romain jusqu'à la Révolution française. Nouv. édition. 5 vol. in-8. 30 fr.
Discours académiques, suivis des discours prononcés pour la distribution des prix au Concours général et devant diverses sociétés, etc. 1 vol. in-8. . . 6 fr.

GUIZOT (*suite*.)

Corneille et son temps. Étude littéraire, etc. 1 vol. in-8. . . . . 6 fr.
Méditations et Études morales et religieuses. Nouv. édit. 1 vol. in-8. 6 fr.
Études sur les beaux-arts en général. 3e édit. 1 vol. in-8. . . . . 6 fr.
De la Démocratie en France. 1 vol. in-8 de 164 pages. . . . . 2 fr. 50
Abailard et Héloïse. Essai historique par M. et Mme Guizot, suivi des *Lettres d'Abailard et d'Héloïse*, traduites par M. Oddoul. Nouv. édit. 1 vol. in-8. 6 fr.
Grégoire de Tours et Frédégaire. – Histoire des Francs et Chronique, trad. Nouv. édit. revue et augmentée de la *Géographie de Grégoire de Tours et de Frédégaire*, par M. Alfred Jacobs. 2 vol. in-8, avec une carte spéciale. . 14 fr.
Cet ouvrage est autorisé par décision ministérielle pour les Écoles publiques.
Œuvres complètes de W. Shakspeare, traduction nouvelle de M. Guizot, avec notices et notes. 8 vol. in-8. . . . . 48 fr.
Histoire de Washington *et de la fondation de la république des États-Unis*, par M. C. de Witt, avec une Introduction par M. Guizot. 3e édition, revue et augmentée. 1 vol. in-8, avec portraits et carte. . . . . 7 fr.
Dictionnaire universel des synonymes de la langue française, contenant les synonymes de Girard, Beauzée, Roubaud, d'Alembert, etc., augmenté d'un grand nombre de nouveaux synonymes, par M. Guizot, 8e édit. 1 vol. gr. in-8.... 12 fr.
L'introduction de cet ouvrage est autorisée dans les Etablissements d'instruction publique

GUIZOT (GUILLAUME)

Ménandre. Étude historique et littéraire sur la Comédie et la Société grecques. (*Ouvrage couronné par l'Académie française.*) 1 vol. in-8, avec portrait. . . 6 fr.

HALLEGUEN (Dr)

Armorique et Bretagne. Origines armorico-bretonnes. 2 vol. in-8. . . 15 fr.

HOUSSAYE (ARSÈNE)

Histoire de Léonard de Vinci. 1 vol. in 8 avec portrait 7f 50

HOUSSAYE (HENRY)

Histoire d'Alcibiade et de la République athénienne, depuis la mort de Périclès jusqu'à l'avénement des trente tyrans. (*Ouv. couronné par l'Acad. française* : prix Thiers.) 2 vol. in-8, ornés d'un beau portrait. . . . . . 14 fr.
Histoire d'Apelles. Études sur l'art grec. 1 vol. in-8. . . . . 7 fr.

J. JANIN

La Poésie et l'Éloquence à Rome au temps des Césars. 1 vol. in-8. 6 fr.

JOBEZ (AD.)

La France sous Louis XV (1715-1774). 6 vol. in-8. (*Ouv. terminé.*). 36 fr.

JULIEN (ERN.)

La Chasse. Son histoire et sa législation. 1 vol. in-8. . . . . 7 fr.

JUSTE (THÉOD.)

Le Soulèvement des Pays-Bas contre la domination espagnole. 2 vol. in-8. . . . . 14 fr.
Vie de Marnix de Sainte-Aldegonde — 1538-1568 — 1 vol. in-8. . . . 5 fr.

KERVILER (RENÉ)

Le Chancelier Pierre Séguier. Études sur sa vie privée, politique et littéraire, et sur le groupe académique de ses familiers et commensaux. 1 fort vol. in-8. . . . . 7 fr. 50

LAGRANGE (LÉON)

Joseph Vernet et la Peinture au XVIIIe siècle, avec grand nombre de documents inédits. 1 volume in-8. . . . . 6 fr.
Pierre Puget, peintre, sculpteur architecte, etc. 1 vol. in-8. . . . . . . 6 fr.

LAMENNAIS

Correspondance inédite, publiée par M. Forgues. 2 vol. in-8. . . . . . 10 fr.

LAPATZ

Lettres de Synésius, traduites pour la première fois et suivies d'études, etc. 1 vol. in-8. . . . . 7 fr.

LAPRADE (V. DE)

Poëmes civiques. 1 vol. in-8 . . . . 6 fr.
Questions d'art et de morale. 1 vol. in-8. . . . . 6 fr.
Le Sentiment de la nature avant le Christianisme et chez les modernes. 2 vol. in-8. . . . . 15 fr.

LAVOLLÉE (RENÉ)

Portalis, *sa vie et ses œuvres.* 1 vol. in-8.. . . . . 6 fr.

LECOY DE LA MARCHE

L'Académie de France à Rome. Correspondance inédite de ses Directeurs publiée avec une étude et des notes. 1 vol. in-8. . . . . 6 fr.
La Chaire française au moyen âge; et spécialement au XIIIe siècle. (*Ouvrage couronné par l'Académie des inscriptions.*) 1 vol. in-8.. . . . . 8 fr.

LE DIEU (L'ABBÉ)

Mémoires et Journal de l'abbé Le Dieu, sur la vie et les ouvrages de Bossuet, publiés sur les manuscrits autographes. 4 vol. in-8.. . . . . 20 fr.

LÉLUT

Physiologie de la pensée. Recherche critique des rapports du corps à l'esprit. 2 vol. in-8. . . . . 12 fr.

LEMOINE (ALB.)

L'Aliéné devant la philosophie, la morale et la société. 1 vol. in-8. . . 6 fr.

LESSING

La Dramaturgie de Hambourg, trad. d'Ed. DE SUCKAU et L. CROUSLÉ, avec une étude par M. A. MÉZIÈRES. 1 vol. in-8. . . . . 7 fr.
Théâtre choisi de LESSING et KOTZEBUE, avec notices et notes; traduit par MM. de BARANTE et FRANK. 1 vol. in 8. 6 fr.

LEZAT (L'ABBÉ)

De la Prédication sous Henri IV. 1 vol. in-8. . . . . 5 fr.

LITTRÉ

Histoire de la langue française. Études sur les origines, l'étymologie, la grammaire, etc. 4e édit. 2 vol. in-8. . . . . 14 fr.
Littérature et Histoire. 1 vol. in-8.. . . . . 7 fr. 50

LIVET (CH.)

La Grammaire française et les Grammairiens du XVIIe siècle. (*Mention très-honorable de l'Académie des inscriptions.*) 1 fort vol. in-8. . . . . . 7 fr.

LOPE DE VEGA

Œuvres dramatiques. Trad. de M. E. BARET, avec une Étude, notices, notes. (*Ouvrage couronné par l'Académie française.*) 2 vol. in-8.. . . . . . 12 fr.

LORGERIL (Vte DE)

Poëmes. 1 vol. in-8. . . . . 6 fr.

LOVE

Le Spiritualisme rationnel, à propos des divers moyens d'arriver à la connaissance, etc. 1 vol. in-8. . . . . 6 fr

J. TH. LOYSON (L'ABBÉ)

L'Assemblée du clergé de France *de* 1682, d'après des documents dont un grand nombre inconnus jusqu'à ce jour. 1 vol. in-8 . . . . 7 fr.

MAINE DE BIRAN

Vie et Pensées, publiées par Em. Naville. 2e édit. augm. 1 vol. in-8. 7 fr. 50

MARTHA BECKER

Matérialisme et panthéisme. 1 vol. in-8. . . . . 5 fr.

MARTIN (HENRI)

Études d'Archéologie celtique. 1 vol. in-8. . . . . 7 fr. 50

MARY (D[r])

Le Christianisme et le Libre Examen. Discussion des arguments apologétiques. 2 vol. in-8. . . . . 12 fr.

MATTER

Le Mysticisme en France au temps de Fénelon. 1 vol. in-8. . . . 6 fr.
Swedenborg. Sa vie, ses écrits, sa doctrine. 1 vol. in-8.. . . . . 6 fr.
Saint-Martin, *le Philosophe inconnu*, sa vie, ses écrits, etc. 1 vol. in-8. 6 fr.

MAURY (ALF.)

Les Académies d'autrefois. 2 parties:
— *L'ancienne Académie des sciences.* 1 volume in-8. . . . . 6 fr.
— *L'ancienne Académie des inscriptions et belles-lettres.* 1 volume in-8. . 6 fr.

MEAUX (Vte DE)

La Révolution et l'Empire. Étude d'histoire politique. 1 vol. in-8. . . . 6 fr

MÉNARD (L. ET R.)

La Sculpture antique et moderne. 1 vol. in-8. . . . . 6 fr.
La Morale avant les philosophes. 1 vol. in-8. . . . . 3 fr. 50

MÉZIÈRES (ALF.)

Pétrarque. Étude d'après des documents nouveaux. (*Ouvrage couronné par l'Académie française.*) 1 vol. in-8. . . . . 7 fr. 50
Gœthe. Les œuvres expliquées par la vie. 2 vol. in-8 . . . . 15 fr.

MICHAUD (ABBÉ)

Guillaume de Champeaux et les écoles de Paris au XIIe siècle. 1 vol. in-8. 6 fr.

MIGNET

Éloges historiques : *Jouffroy, de Gérando, Laromiguière, Lakanal, Schelling, Portalis, Hallam, Macaulay.* 1 vol. in-8. . . . . 6 fr.
Antonio Perez et Philippe II. 4e édition. 1 vol. in-8. . . . . 6 fr.
Charles-Quint, SON ABDICATION, SON SÉJOUR ET SA MORT AU MONASTÈRE DE YUSTE. 5e édit., revue et corrigée. 1 beau vol. in-8. . . . . 6 fr.
Histoire de la Révolution française. 11e édit. 2 vol. in-8. (*Sous presse*).

MOLAND (LOUIS)

Origines littéraires de la France. Roman, Légende, etc. 1 vol. in-8. 6 fr.

MONNIER (F.)

Le Chancelier d'Aguesseau, etc., avec des documents inédits et des ouvrages nouveaux du Chancelier. (*Ouvr. cour. par l'Acad. franç.*) 2e édit. 1 vol. in-8. 6 fr.

MONTALEMBERT (COMTE DE)

L'Église libre dans l'État libre. 1 vol. in-8. . . . . 2 fr. 50

MORAND (F.)

Les jeunes années de Sainte-Beuve. 1 vol. in-8. . . . . 3 fr.

MORET (ERNEST)

Quinze ans du règne de Louis XIV. 1700-1715. (*Ouvrage couronné par l'Académie française, 2e prix Gobert.*) 3 vol. in-8. . . . . 15 fr.

MOURIN (ERN.)

Les Comtes de Paris. Histoire de l'Avénement de la 3e race. (*Ouvrage cour. par l'Académie française. 2e prix Gobert*). 1 vol. in-8 . . . . 7 fr.
Essai sur la philosophie de Bossuet, avec des fragments inédits. 2e édition, revue et augmentée. 1 vol. in-8. . . . . 5 fr.

NOURRISSON

Tableau des progrès de la pensée humaine. Les philosophes et les philosophies depuis Thalès jusqu'à Hegel. 5e édit. revue et augm. 1 vol. in-8. 7 fr. 50
Philosophie de saint Augustin. (*Ouvrage couronné par l'Académie des sciences morales.*) 2 vol. in-8. . . . . 14 fr.
La Nature humaine. Essais de psychologie appliquée. (*Ouvrage couronné par l'Académie des sciences morales.*) 1 vol. in-8. . . . . 7 fr.
Essai sur Alexandre d'Aphrodisias, suivi du traité *du Destin et du Libre pouvoir,* traduit en français pour la première fois. 1 vol. in-8. . . . . . . 6 fr.
Essai sur la Philosophie de Bossuet, avec des fragments inédits. 2e édit., revue et augmentée. 1 vol. in-8. 5 fr.

NOUVION (V. DE)

Histoire du règne de Louis-Philippe Ier (1830-1840). 4 vol. in-8. . . 24 fr.

PELLISSON ET D'OLIVET

Histoire de l'Académie française. Nouv. édit. avec une introduction, des notes et éclaircissements, par M. CH. LIVET. 2 gros vol. in-8. . . . . . . 12 fr.

PENQUER (Mme A.)

Velléda. 5e édit. 1 vol. in-8. . . . . 6 fr

PERRENS

La Démocratie en France au moyen-âge. (*Ouvrage couronné par l'Institut.*) 2 vol. in-8. . . . . 12 fr.
Les Mariages espagnols sous Henri IV et Marie de Médicis. (*Ouvrage couronné par l'Académie française.*) 1 vol. in-8. . . . . 6 fr.

POTIQUET

L'Institut national de France. Ses diverses organisations. — Ses membres. — Ses associés et correspondants (20 nov. 1795. — 19 nov. 1869). 1 vol. in-8. 8 fr.

POUGEOIS (L'ABBÉ)

Vansleb, *savant orientaliste et voyageur;* sa vie, sa disgrâce, ses œuvres. 1 vol. in-8. . . . . 7 fr.

POUJADE (EUG.)

Chrétiens et Turcs, scènes et souvenirs de la vie politique, militaire et religieuse en Orient. 1 fort vol. in-8. . . . . 6 fr.

PRELLER

Les Dieux de l'ancienne Rome. *Mythologie romaine,* trad. par M. Dietz, avec préface de M. Alf. Maury. 1 vol. in-8. . . . . 7 fr. 50

RAYNAUD (MAURICE)

Les Médecins au temps de Molière. Mœurs, Institutions, Doctr. 1 v. in-8. 6 fr.

RÉAUME (EUG.)

Les Prosateurs français du XVIe siècle. 1 vol. in-8. . . . . 6 fr.

REYNALD (H.)

Mirabeau et la constituante. (*Ouv. cour par l'Acad. franç.*) 1 v. in-8. 7 fr. 50

RIBOT

Philosophie de la Société. Etude sur notre organisation sociale. 1 vol. in-8. 6 fr.

ROSELLY DE LORGUES

Christophe Colomb. Sa vie et ses voyages. 3e édit. 2 vol. in-8, portr. . . 12 fr.

ROUGEMONT

L'Age du Bronze, ou les *Sémites en Occident,* matériaux pour servir à l'histoire de la haute antiquité. 1 vol. in-8. 7 fr.

ROUSSET (CAMILLE)

Le Comte de Gisors, 1732-1758, étude historique. 1 vol. in-8 . . . 7 fr.
Histoire de Louvois et de son administration politique et militaire. (*Ouvrage couronné par l'Académie française. 1er prix Gobert.*) 3e édit. 4 vol. in-8. 28 fr.
Correspondance de Louis XV et du maréchal de Noailles. 2 v. in-8. 12 fr.

P. ROUSSELOT

Les Mystiques espagnols. 2e édit. 1 vol. in-8. . . . . 7 fr.

SACY (S. DE)

Variétés littéraires, morales et historiques. 2e édit. 2 vol. in-8. . . . . 12 fr.

J. BARTHÉLEMY SAINT-HILAIRE

Le Bouddha et sa religion. Nouv. édition, revue et augm. 1 vol. in-8. . 7 fr.
Mahomet et le Coran. Précédé d'une introduction sur les devoirs mutuels de la philosophie et de la religion. 1 vol. in-8. . . . . 7 fr.
L'Iliade d'Homère, trad. en vers français. 2 vol in-8. . . . . 16 fr.

SAISSET (E.)

Le Scepticisme. — Ænésidème. — Pascal. — Kant. — Études, etc. 1 vol. in-8. 6 fr.

SALVANDY (N. DE)

Histoire de Sobieski et de la Pologne. 2 vol. in-8. Nouvelle édition. . . 14 fr.
Don Alonso, ou l'Espagne; histoire contemporaine. Nouv. édit. 2 v. in-8. 14 fr.
La Révolution de 1830 et *le Parti révolutionnaire.* Nouv. édit. 1 vol. in-8. 1855. . . . . 5 fr.

SAULCY (F. DE)

Voyage en terre sainte. 2 vol. grand in-8. . . . . 20 fr.
Histoire de l'Art judaïque, d'après les textes sacrés et profanes. 1 vol. in-8. 6 fr.
Les Campagnes de Jules César dans les Gaules. Etudes d'archéologie militaire. 1 vol. in-8, fig. . . . . 7 fr.

SAYOUS (A.)

Le Dix-huitième siècle à l'Etranger. — Histoire de la littérature française en Angleterre, en Prusse, en Suisse, en Hollande, etc., depuis Louis XV jusqu'à la Révolution. (*Ouvr. cour. par l'Académie franç.*) 2 vol. in-8. 12 fr.

SCHILLER

Œuvres dramatiques, trad. de M. de Barante. Nouv. édit. entièrement revue, accompagnée d'une étude, de notices et de notes. 3 vol. in-8. . . . . . 18 fr.

SCHNITZLER

Rostoptchine et Kutusof. *La Russie en* 1812. Tableau de mœurs et essai de critique historique. 1 vol. in-8 . . . . 6 fr.

SCLOPIS (F.)

Histoire de la Législation italienne, trad. par M. Ch. Sclopis. 2 v. in-8. 10 fr.

SHAKSPEARE

Œuvres complètes, traduct. de M. Guizot. Nouvelle édition revue, accompagnée d'une Étude sur Shakspeare, de notices, de notes. 8 vol. in-8. . . . . 48 fr.

SOREL

Le Couvent des Carmes et le Séminaire de Saint-Sulpice pendant la Terreur, 1 vol. in-8 avec planches . . . . 7 fr.

DANIEL STERN

Dante et Gœthe. Dialogues. 1 vol. in-8. . . . . 6 fr.

STAAFF

Lectures choisies de littérature française depuis la formation de la langue jusqu'à nos jours. 5e édition. 3 vol. in-8 divisés en six cours. . . . . . 25 fr.

TAILLANDIER (SAINT-RENÉ)

La Serbie. Kara George et Milosch. 1 vol. in 8. . . . . 7 fr. 50

THIERRY (AMÉDÉE)

Saint Jean Chrysostome et Eudoxie. 1 vol. in-8. . . . . 8 fr.

Trois Ministres des fils de Théodose. Nouveaux Récits de l'histoire romaine. 1 vol. in-8. . . . . 7 fr.

Récits de l'Histoire romaine au ve siècle. 3e édit. 1 vol. in-8. . . . . 7 fr.

Tableau de l'Empire romain, depuis la fondation de Rome jusqu'à la fin du gouvernement impérial en Occident. 4e édit. 1 vol. in-8. . . . . 7 fr.

Histoire d'Attila, de ses fils et de ses successeurs en Europe. Nouv. édit. revue. 2 vol. in-8. . . . . 14 fr.

Histoire des Gaulois jusqu'à la domination romaine. 6e éd. rev. 2 v. in-8. 14 fr.

Histoire de la Gaule sous la domination romaine. 3 vol. in-8. Tomes I et II en vente. Le vol. à. . . . . 7 fr.

TISSOT

L'Imagination. Ses bienfaits et ses égarements, surtout dans le domaine du merveilleux. 1 vol. in-8. . . . . 7 fr. 50

Turgot. Sa vie, son administration, ses ouvrages. (*Ouvrage couronné par l'Académie des sciences morales.*) 1 vol. in-8.. . . . . 5 fr.

Les Possédées de Morzine. Broch. in-8. . . . . 1 fr.

TOPIN (MARIUS)

L'Homme au masque de fer. (*Ouv. cour. par l'Acad. franç.*) 1 vol. in-8. 7 fr.

VILLEMAIN

Histoire de Grégoire VII. 2e édit. revue. 2 vol. in-8. . . . . 15 fr.

Souvenirs contemporains d'Histoire et de Littérature. Première partie : M. de Narbonne, etc. 7e édit. 1 vol. in-8. . . . . 7 fr.

Souvenirs contemporains d'Histoire et de Littérature. Deuxième partie : Les Cent-Jours. 1 vol. in-8. Nouv. édit. . . . . 7 fr.

La République de Cicéron, traduite avec une introduction et des suppléments historiques. 1 vol. in-8.. . . . . 6 fr.

Choix d'Études sur la littérature contemporaine : *Rapports académiques*, Études sur *Chateaubriand, A. de Broglie, Nettement*, etc. 1 vol. in-8. . . . . . 6 fr.

VILLEMAIN (*suite*)

Cours de Littérature française : le *Tableau de la Littérature au XVIIIe siècle* et le *Tableau de la Littérature au moyen âge*. Nouv. édit. 6 vol. in-8. 36 fr.

Tableau de l'éloquence chrétienne au IVe siècle, etc. Nouv. édit. 1 fort vol. in-8. . . . . 6 fr.

Discours et Mélanges littéraires : *Éloges de Montaigne et de Montesquieu. — Sur Fénelon et sur Pascal. — Rapports et discours académiques.* Nouv. édit. 1 vol. in-8. . . . . 6 fr.

Études de Littérature ancienne et étrangère : *Hérodote, Lucrèce, Lucain, Cicéron, Tibère et Plutarque. — Les romans grecs. — Shakspeare; Milton; Byron,* etc. Nouv. édit. 1 vol. in-8. . . . . 6 fr.

Études d'Histoire moderne : *Discours sur l'état de l'Europe au XVe siècle. — Lascaris. — Essai historique sur les Grecs. — Vie de l'Hôpital.* 1 vol. in-8. 6 fr.

Essais sur le génie de Pindare et la poésie lyrique, etc. 1 vol. in-8. 6 fr.

VILLEMARQUÉ (H. DE LA)

Barzaz Breiz. *Chants populaires de la Bretagne,* recueillis et annotés avec musique. 1 vol. in-8. . . . . 7 fr. 50

Le grand Mystère de Jésus. Drame breton du moyen âge, avec une Étude sur le théâtre chez les nations celtiques. 1 vol. in-8, pap. de Hollande. . . . 12 fr.

— LE MÊME, pap. ordinaire. . . . . 7 fr.

La Légende celtique et la poésie des cloîtres, **etc.** 1 vol. in-8. . 6 fr.

Les Bardes bretons. Poëmes du VIe siècle, traduits en français avec fac-simile. Nouv. édit. 1 vol. in-8. . . . . 7 fr.

Les Romans de la Table ronde et les Contes des anciens Bretons. Nouv. édi. 1 vol. in-8. . . . . 7 fr.

Myrdhinn ou l'Enchanteur Merlin. Son histoire, ses œuvres, son influence. 1 vol. in-8. . . . . 7 fr.

VINET (E.)

L'Art et l'Archéologie. 1 vol. in-8. . . . . 7 fr. 50

VITU (AUG.)

Histoire civile de l'armée, ou des conditions du service militaire en France avant la formation des armées permanentes. 1 vol. in-8. . . . . 6 fr.

VOLTAIRE

Lettres inédites de Voltaire, publiées par MM. DE CAYROL et FRANÇOIS, avec une Introduction par M. SAINT-MARC GIRARDIN. 2e édit. augmentée. 2 vol. in-8. 12 fr.

Voltaire à Ferney. Correspondance inédite avec la duchesse de Saxe-Gotha, nouvelles Lettres et Notes historiques inédites, publiées par MM. EV. BAVOUX et A. FRANÇOIS. Nouv. édit. augmentée. 1 vol. in-8. . . . . 6 fr.

Voltaire et le président de Brosses. Correspondance inédite, suivie d'un Supplément etc., publiée avec notes, par M. TH. FOISSET. 1 vol. in-8. . . . . 5 fr.

WADDINGTON

Dieu et la Conscience. 1 vol in-8. . . . . 6 fr.

WIDAL

Juvénal et ses satires. Études littéraires et morales. 1 vol. in-8. . . . 7 fr.

WITT (CORNÉLIS DE)

Études sur l'histoire des États-Unis d'Amérique. 2 volumes :

— **Thomas Jefferson.** Étude historique sur la démocratie américaine. 2e édit. 1 vol. in-8, orné d'un portrait. 7 fr.

— **Histoire de Washington** *et de la fondation de la République des États-Unis,* avec une Étude par M. GUIZOT. 3e édit. 1 vol. in-8, portraits et carte. . 7 fr.

ZELLER

Origines de l'Allemagne et **de l'empire germanique.** 1 volume in-8 avec cartes. . . . . 7 fr. 50

Fondation de l'Empire germanique. 1 vol. in-8 avec 2 cartes. . . . 7 fr. 50

DISCOURS ACADÉMIQUES

Discours de MM. Alex. Dumas et d'Haussonville à l'Académie française, le 11 février 1875. In-8. . . . . 1 fr.
Discours de MM Mézières et C. Rousset, séance du 17 décembre 1874 1 fr.
Discours de MM. Saint-René Taillandier et Nisard, séance du 22 janvier 1874. In-8. . . . . 1 fr.
Discours de MM. de Loménie et J. Sandeau, séance du 8 janvier 1874. In-8 . . . . 1 fr.
Discours de MM. de Viel Castel et X. Marmier, séance du 27 novembre 1873, in-8 . . . . 1 fr.
Discours de MM. Littré et de Champagny séance du 5 juin 1873. In-8. . . . . 1 fr.
Discours de MM. le duc d'Aumale et Cuvillier Fleury, séance du 3 avril 1873. In-8. . . . . 1 fr.
Discours de MM. Rousset et d'Haussonville, séance du 2 mars 1872. In-8. 1 fr.
Discours de MM. Duvergier de Hauranne et Cuvillier-Fleury, séance du 29 février 1872. In-8. . . . . 1 fr.
Discours de MM. X. Marmier et Cuvillier-Fleury, séance du 7 décembre 1871. In-8. . . . . 1 fr.
Discours de MM. Jules Janin et Camille Doucet, séance du 9 novembre 1871. In-8 . . . . 1 fr.
Discours de MM. Barbier et Silv. de Sacy, séance du 17 mai 1870. In-8 1 fr.
Discours de MM. d'Haussonville et Saint-Marc Girardin, séance du 15 mars 1870. In-8. . . . . 1 fr.
Discours de MM. de Champagny et Silvestre de Sacy, séance du 10 mars 1870. In-8. . . . . 1 fr.
Discours de MM. Autran et Cuvillier-Fleury, séance du 8 avril 1869. In-8. . . . . 1 fr.
Discours de MM. Claude Bernard et Patin, séance du 27 mai 1869. In-8. . . . . 1 fr.
Discours de MM. Jules Favre et Ch. de Rémusat, séance du 23 avril 1868. . . . . 1 fr.
Discours de MM. l'abbé Gratry et Vitet, séance du 26 mars 1868. . . 1 fr.
Discours de MM. Cuvillier-Fleury et Nisard, séance du 11 avril 1867. 1 fr.
Discours de M. Guizot, en réponse à celui de M. Prévost-Paradol, séance du 8 mars 1866. . . . . 50 c.
Discours de MM. Camille Doucet et Sandeau, séance du 22 février 1866. 1 fr.
Discours de MM. Dufaure et Patin, séance du 7 avril 1864. In-8. . . 1 fr.
Discours de MM. de Carné et Viennet, séance du 4 févr. 1864. In-8. 1 fr.
Discours de MM. le prince de Broglie et Saint-Marc-Girardin, séance du 26 février 1863. In-8. . . . . 1 fr.
Discours de MM. J. Sandeau et Vitet, séance du 26 mai 1859. In-8. . 1 fr.
Discours de MM. de Laprade et Vitet, séance du 17 mars 1859. In-8. . 1 fr.
Discours de MM. de Falloux et Brifaut, séance du 26 m. 1857. In-8. 1 fr.
Discours de MM. Biot et Guizot, séance du 5 février 1857. In-8. . . 1 fr.
Discours de MM. le duc de Broglie et Désiré Nisard, séance du 3 avril 1856. In-8. . . . . 1 fr.
Discours de MM. E. Legouvé et Flourens, séance du 28 fév. 1856. In-8. 1 fr.
Discours de MM. Silvestre de Sacy et de Salvandy, séance du 22 juin 1855. In-8. . . . . 1 fr.
Discours de MM. Berryer et de Salvandy, séance du 22 février 1855. In-8. . . . . 1 fr.
Discours de MM. Villemain et Guizot, à l'Académie française (séance annuelle du 25 août 1859). In-8. . . . . 1 fr.
Notice historique sur la vie et les travaux de M. Victor Cousin, par M. Mignet, séance du 16 janvier 1869. In-8 . . . . 1 fr.
Éloge de M. Horace Vernet, par M. Beulé, prononcé à l'Académie des beaux-arts, le 3 octobre 1863. In-8. . . . . 1 fr.
Éloge de M. Hippolyte Flandrin, par M. Beulé, prononcé à l'Académie des beaux-arts, le 19 novembre 1864. In-8. . . . . 1 fr.
Éloge de M. Meyerbeer, par M. Beulé, à l'Académie des Beaux-Arts, le 28 octobre 1865. In-8. . . . . 1 fr.
Eugène Scribe. Conférence par M. Legouvé. In-8. . . . . 1 fr.

BIBLIOTHÈQUE ACADÉMIQUE

Format in-12.

ALAUX. **La Raison.** — Essai sur l'avenir de la philosophie. 1 vol. . . . . 3 fr.

AMPÈRE (J.-J.). **Formation de la langue française**. Complément de l'**Histoire littéraire de la France**. 3ᵉ édition revue et annotée. 1 fort vol. 4 fr.

— **Histoire littéraire de la France** avant et sous Charlemagne. 3ᵉ édition revue. 3 vol. . . . . 10 fr. 50

— **La Grèce, Rome et Dante**, études littéraires. 3ᵉ édit. 1 vol. . . . 3 fr. 50

— **La Science et les Lettres en Orient.** 2ᵉ édit. 1 vol. . . . . . . 3 fr. 50

— **Philosophie des deux Ampère**, avec Préface de M. B. SAINT-HILAIRE. 2ᵉ édit. 1 vol. . . . . 3 fr. 50

— **Heures de poésie.** Nouvelle édition. 1 vol. . . . . 3 fr. 50

AUBERTIN (CH.). **L'Esprit public au XVIIIᵉ siècle**. (*Ouv. couronné par l'Académie française*.) 2ᵉ édit. 1 fort vol. . . . . 4 fr.

— **Sénèque et saint Paul.** Étude sur les rapports supposés entre le philosophe et l'apôtre. (*Ouv. couronné par l'Acad. française*). 2ᵉ édit. 1 vol. 3 fr. 50

AUBRYET (XAV.). **Les Représailles du Sens commun.** 1 vol. . . . 3 fr. 50

AUDIAT. **Bernard Palissy**. Étude sur sa vie et ses travaux. (*Ouv. couronné par l'Académie française.*) 1 vol. . . . . 3 fr. 50

AUDIGANNE. **La Morale dans les Campagnes**. 1 vol. . . . . 3 fr. 50

AUDLEY (Mᵐᵉ). **Franz Schubert.** Sa vie, ses œuvres. Avec le Catalogue de ses pièces. 1 vol. . . . . 3 fr.

— **Beethoven**, sa vie, ses œuvres. Avec le Catalogue. 1 vol. . . . . . . 3 fr.

AUGER (ED.). **Histoires américaines.** 2ᵉ édition. 1 vol. . . . . 3 fr.

— **Récits d'outre-mer.** 1 vol. . . . . 3 fr.

D'AZEGLIO (MASSIMO). **L'Italie, de 1847 à 1865.** Correspondance politique publiée par Eug. Rendu. 3ᵉ édition. 1 vol. in-12. . . . . 3 fr. 50

BADER (Mˡˡᵉ). **La Femme biblique**, sa vie morale et sociale. 2ᵉ édit. 1 v. 3 fr. 50

— **La Femme grecque.** (*Ouvrage couronné par l'Académie française*). 2ᵉ édition. 2 vol. . . . . 7 fr.

BAGUENAULT DE PUCHESSE. **L'Immortalité.** — *La mort et la vie.* 3ᵉ édition revue. 1 vol. . . . . 3 fr. 50

BAGUENAULT DE PUCHESSE (GUSTAVE). **Jean de Morvillier**, évêque d'Orléans, garde des sceaux. Étude sur la politique française au XVIᵉ siècle. 2ᵉ édition. 1 vol. . . . . 3 fr. 50

BAILLON (COMTE DE). **Lettres d'Horace Walpole**, pendant ses voyages en France. 2ᵉ édit. 1 vol. . . . . 3 fr. 50

— **Lord R. Walpole à la cour de France.** 1723-1730. 2ᵉ édit. 1 v. 3 fr. 50

BARET. **Les Troubadours**, et leur influence sur la littérature du midi. 3ᵉ édition. 1 vol. . . . . 3 fr. 50

BARANTE **Études historiques et littéraires.** Nouv. édit. 4 vol. . . . . 14 fr.

— **Tableau littéraire** du XVIIIᵉ siècle. Nouv. édit. 1 vol. . . . . . . 3 fr. 50

— **Royer-Collard.** Ses discours et ses écrits. Nouv. édit. 2 vol. (*sous presse*).

— **Histoire des ducs de Bourgogne** Nouv. édit., illust. de vign. 8 v. 28 fr.

BARTHÉLEMY (ED. DE). **Mesdames**, filles de Louis XV. 2ᵉ édit. 1 f. v. 4 fr.

— **La princesse de Condé**, *Catherine de la Trémoille*, 1 vol. . . . . 3 fr. 50

— **Journal d'un Curé ligueur de Paris, etc.** 1 vol. . . . . 3 fr.

BAUDRILLART (H.). **La Famille et l'Éducation en France** dans leurs rapports avec l'état de la société. 1 vol. . . . . 3 fr. 50

— **Publicistes modernes.** *Young, de Maistre, L. Blanc, Proudhon*, etc. 1 v. 3 fr. 50

BAUTAIN (L'ABBÉ). **Philosophie des lois** au point de vue chrétien. 3ᵉ édit. 1 vol. . . . . 3 fr. 50

— **La Conscience**, ou la Règle des actions humaines. 2ᵉ édit. 1 vol. . 3 fr. 50

BECQ DE FOUQUIÈRES. **Aspasie de Milet.** Étude historique et morale. 1 vol. . . . . 3 fr. 50

BENLOEW. **Essais sur l'esprit des littératures.** La Grèce et son cortége. 1 vol. . . . . 3 fr. 50

BENOIT. **Chateaubriand,** sa vie, ses œuvres. (*Ouv. cour. par l'Acad. franç.*) 1 vol. . . . . 3 fr.

BERSOT (ERN.). **Morale et politique** 2ᵉ édit. 1 vol. . . . . 3 fr. 50
— **Essais de philosophie et de morale.** 2ᵉ édit. 2 vol. . . . . 7 fr.

BERTAULD. **La Liberté civile.** Nouvelles études sur les publicistes. 2ᵉ édit. 1 vol. . . . . 3 fr. 50

BERTRAND (GUSTAVE). **Les Nationalités musicales** au point de vue du drame lyrique. 1 vol. . . . . 3 fr. 50

BEULÉ. **Fouilles et Découvertes.** 2ᵉ édit. 2 vol. . . . . 7 fr.
— **Histoire de l'Art grec** avant Périclès. 2ᵉ édit. 1 vol. . . . . 3 fr. 50
— **Phidias.** Drame antique. 2ᵉ édition. 1 vol. . . . . 3 fr. 50
— **Causeries sur l'art.** 2ᵉ édit. 1 vol. . . . . 3 fr. 50

BLANCHECOTTE (Mᵐᵉ). **Tablettes d'une femme pendant la Commune.** 1 vol. . . . . 3 fr. 50
— **Rêves et Réalités,** etc. 3ᵉ édit. (*Ouv. cour. par l'Acad. franç.*) 1 vol. . 3 fr.
— **Impressions d'une femme.** (*Ouv. couronné par l'Acad. franç.*) 1 vol. . 3 fr.

BOILLOT. **L'Astronomie au XIXᵉ siècle.** Tableau des progrès de cette science jusqu'à nos jours. 2ᵉ édit., augm. d'une nouv. étude sur le *Soleil.* 1 v. 3 fr. 50

BONHOMME (HONORÉ). **Le dernier abbé de cour.** 1 vol. . . . . . . 3 fr. 50
— **Madame de Maintenon** et sa famille etc. 1 vol. . . . . 3 fr.

BONNASSIES (J.). **Histoire admin. de la Comédie française.** 1 v. 3 fr. 50

BONNEAU AVENANT. **Madame de Miramion.** *Sa vie et ses œuvres charitables.* (*Ouv. couronné par l'Acad. franç.*) 3ᵉ édit. 1 vol. avec portr. . . . . 4 fr.

BOUCHÉ-LECLERCQ. **Giacomo Leopardi.** 1 vol. . . . . 3 fr.

BOUILLIER (FRANCISQUE). **Le Principe vital et l'âme pensante.** 2ᵉ édit. revue et aug. 1 fort vol. . . . . 4 fr.

BROGLIE (ALB. DE). **L'Église et l'Empire romain au IVᵉ siècle.** 3 parties en 6 vol. . . . . 21 fr.
— **Nouvelles Etudes de littérature et de morale.** 2ᵉ édit. 1 vol. . . 3 fr. 50

BUNSEN (C.-C. J. DE). **Dieu dans l'histoire,** trad. par DIETZ, avec notice par HENRI MARTIN. 2ᵉ édit. 1 vol. . . . . 4 fr.

CALDERON. **Œuvres. Drames et Comédies.** Trad. d'ANT. DE LATOUR. (*Ouvr. couronné par l'Académie française.*) 2ᵉ édit. 2 vol. . . . . 7 fr.

CARNÉ (Cᵗᵉ L.). **Souvenirs de ma Jeunesse** au temps de la Restauration. 2ᵉ édit. 1 v. . . . . 3 fr. 50

CELLER (LUD.). **Les Origines de l'Opéra** et le Ballet de la Reine, 1581, etc. 1 vol. . . . . 3 fr.

CENAC MONCAUT. **Histoire des peuples et des États pyrénéens** (France et Espagne), depuis l'époque celtib. jusqu'à nos jours. 3ᵉ édit. 4 vol. in-12 16 fr.

CHAIGNET. **La Vie et les écrits de Platon.** 1 fort vol. . . . . . . 4 fr.
— **La Vie de Socrate.** 1 vol. . . . . 3 fr.
— **Pythagore et la philosophie pythagoricienne,** etc. (*Ouvrage couronné par l'Institut.*) 2ᵉ édit. 2 vol. 7 fr.

CHAIGNOLLES (J. DE). **La Mort.** *Étude philosophique et chrétienne à l'usage des gens du monde.* 2ᵉ édit. 1 vol. in-12. . . . . 3 fr.

CHAMBRIER (J. DE). **Marie-Antoinette,** reine de France. 2ᵉ édit., revue, 2 v. 7 fr.
— **Un peu partout.** *Du Danube au Bosphore, et du Bosphore aux Alpes.* 2 v. 6 fr.

CHANTEPIE (ED.). **Le Personnage humain** dans la nature et dans la cité. 1 v. 3 fr.

CHASLES (PHILARÈTE). **Voyages d'un critique à travers la vie et les livres.** 1ʳᵉ série, Orient. — 2ᵉ série, Italie et Espagne. 2ᵉ édit. 2 vol. . 7 fr.

CHASLES (ÉMILE). **Michel de Cervantes.** Sa Vie, son temps. 2ᵉ édit. 1 v. 3 fr. 50

CHASSANG. **Le Spiritualisme et l'idéal** dans l'art et la poésie des Grecs. 2ᵉ édition 1 vol. . . . . 3 fr. 50
— **Apollonius de Tyane.** Sa vie, ses voyages, ses prodiges par Philostrate et ses lettres, trad. du grec, avec notes, etc. 2ᵉ édit. 1 vol.. . . . . . 3 fr. 50
— **Histoire du Roman dans l'antiquité grecque et latine.** (*Ouvrage cour. par l'Académie des inscriptions.*) Nouv. édit 1 vol. . . . . 3 fr. 50

CHERRIER (CH. DE). **Histoire de Charles VIII,** roi de France, d'après des docum. 2ᵉ édit. 2 vol.. . . . . 7 fr.

CHESNEAU (ERNEST). **Les Nations rivales dans l'art.** Peinture et Sculpture. 1 vol. . . . . 3 fr. 50
— **Les Chefs d'école.** — La Peinture au XIXᵉ siècle. 1 vol. . . . . . . 3 fr. 50
— **L'Art et les Artistes modernes** en France et en Angleterre. 1 vol. . 3 fr.

CLÉMENT (CHARLES). **Géricault.** Étude biographique et critique. 2ᵉ édition 1 vol. . . . . 3 fr. 50

CLÉMENT (PIERRE). **L'Abbesse de Fontevrault. G. de Rochechouart.** 2ᵉ édit. 1 vol., portr. . . . . 4 fr.
— **Madame de Montespan.** 2ᵉ édition. 1 vol. . . . . 3 fr. 50
— **La Police sous Louis XIV.** 2ᵉ édition. 1 vol. . . . . 3 fr. 50
— **L'Italie en 1671.** Relation du marquis de Seignelay, etc. 1 vol.. . . . 3 fr.
— **Enguerrand de Marigny,** *Semblançay, le Chevalier de Rohan.* 2ᵉ édit. 1 v. 3 fr.
— **Jacques Cœur et Charles VII.** Étude historique, etc. (*Ouv. couronné par l'Acad. française.*) Nouv. édit. 1 fort vol. . . . . 4 fr.

CLÉMENT (PIERRE) ET LEMOINE (ALFR.). **M. de Silhouette et les derniers fermiers généraux.** 1 vol.. 3 fr.

COCHIN (AUG.). **Conférences et lectures.** Lincoln, Ulysse Grant, Longfellow, Mᵐᵉ Craven, la reine Louise de Prusse, etc. 3ᵉ édit. 1 vol. . . . . . 3 fr. 50

COSSOLLES (H. DE). **Du Doute.** Introduction à l'apologie du Christianisme. 2ᵉ édit. 1 vol.. . . . . 3 fr. 50

COUSIN (V.). **La Société française au XVIIᵉ siècle,** d'après le *Grand Cyrus* de Mˡˡᵉ Scudéry. Nouv. édit. 2 vol.. . . . . 7 fr.
— **Jacqueline Pascal.** Premières études, etc. 6ᵉ édit. 1 vol.. . . . . . 3 fr. 50
— **Madame de Sablé.** 3ᵉ édit. 1 vol. . . . . 3 fr. 50
— **La Jeunesse de madame de Longueville.** 8ᵉ édition. 1 vol. . 3 fr. 50
— **Madame de Longueville pendant la Fronde.** 4ᵉ édit. 1 vol. . . 3 fr. 50
— **Madame de Chevreuse.** 4ᵉ édition. 1 vol.. . . . . 3 fr. 50
— **Madame de Hautefort.** 3ᵉ édit. 1 vol. . . . . 3 fr. 50
— **Introduction à l'histoire de la Philosophie.** (Cours de 1828.) 1 vol. 3 fr. 50
— **Premiers essais de philosophie.** (Cours de 1815.) Nouvelle édition. 1 vol. in-12. . . . . 3 fr. 50
— **Du vrai, du beau et du bien.** 18ᵉ édit. 1 vol. . . . . 3 fr. 50
— **Philosophie sensualiste du XVIIIᵉ siècle.** Nouv. édit. 1 vol. . 3 fr. 50
— **Histoire générale de la Philosophie,** 9ᵉ édition, 1 vol.. . . . . . 4 fr.
— **Philosophie de Locke.** (Cours de 1830.) Nouv. édit. 1 vol. . . . 3 fr. 50
— **Des Principes de la Révolution française,** etc. Nouv. édit. 1 v. 3 fr. 50

CRAVEN (Mᵐᵉ AUG.). **Le mot de l'Enigme.** 7ᵉ édition. 2 vol. in-12. . . 6 fr.
— **Fleurange.** (*Ouv. couronné par l'Académie française*). 14ᵉ édit. 2 v. 6 fr.
— **Anne Séverin.** 11ᵉ édit. 1 vol. . . . . 4 fr.
— **Récit d'une sœur,** souvenirs de famille (*Ouv. cour. par l'Acad. fr.*). 28ᵉ édition. 2 vol. . . . . 8 fr.
— **Adélaïde Capece Minutolo.** 6ᵉ édit. 1 vol.. . . . . 2 fr.
— **Le Comte de Montalembert.** Étude. 1 vol.. . . . . 2 fr.

CREUX. **La libération du territoire en 1818.** 1 vol. . . . . 3 fr. 50

DANTIER. **L'Italie.** Études historiques. (*Ouv. cour. par l'Acad. fr.*). 2ᵉ édition. 2 vol. . . . . 8 fr.
— **Les Monastères bénédictins d'Italie.** Souvenirs, etc. (*Ouv. couronné par l'Académie française.*) 2ᵉ édition. 2 vol. . . . . 8 fr.

DAREMBERG. **La Médecine.** *Histoire et doctrines* (*Ouv. cour. par l'Acad. fr.*). 2ᵉ éd. 1 v.. . . . . 3 fr. 50

DE BROSSES (LE PRÉSIDENT). **Le Président de Brosses** en Italie. Lettres familières écrites d'Italie, en 1739 et 1740. 3ᵉ édit. 2 vol. . . . . . . 7 fr.

DELAUNAY (FERD.). **Moines et Sibylles dans l'antiquité judéogrecque.** 2e édition. 1 vol. . . . . 3 fr. 50
— **Philon d'Alexandrie.** *Écrits historiques.* Trad. et précédés d'une introd., 2e édit. 1 vol. . . . . 3 fr. 50

DELÉCLUZE (E. J.). **Louis David.** Son école et son temps. 1 vol. . 3 fr. 50

DELORME. **César et ses contemporains.** 1 vol. . . . . 3 fr. 50

DESJARDINS (ARTHUR). **Les Devoirs.** Essai sur la morale de Cicéron. (*Ouv. cour. par l'Inst.*) 1 vol. 3 fr. 50

DESJARDINS (ALBERT). **Les Moralistes français au XVIe siècle.** (*Ouvr. couronné par l'Institut.*) 2e édition. 1 fort vol. . . . . 4 fr.

DESJARDINS (ERNEST). **Le Grand Corneille historien.** Nouv. éd. 1 v. 3 fr.

DESNOIRESTERRES (G.). **Voltaire et la Société du XVIIIe siècle.** 4 séries ou vol. comme suit : 1° *La jeunesse de Voltaire.* — 2° *Voltaire à Cirey.* — 3° *Voltaire à la cour.* — 4° *Voltaire et Frédéric.* 2e édition. Le vol.. 4 fr.

DIDON (PÈRE). **L'Homme selon la Science et la Foi.** Conférences. 1 v. 3 fr.

D'HÉZECQUES (Cte DE FRANCE). **Souvenirs d'un page de la cour de Louis XVI,** publiés par le Cte D'HÉZECQUES. 1 vol. . . . . 3 fr.

DIONYS. **L'Ame.** Son existence, ses manifestations. 1 vol. in-12. . . . 3 fr. 50

DUCAMP (MAXIME). **Orient et Italie.** Voyages et lectures. 1 vol. . 3 fr. 50

DUMONT (ALB.). **Le Balkan et l'Adriatique,** etc. 2e édit. 2 édit. 1 v. 3 fr. 50
— **L'Administration et la propagande prussiennes** en Alsace. 1 vol. 3 fr.

ERNOUF (BARON). **Souvenirs de la Terreur.** Mémoires d'un curé de campagne. 1 vol. . . . . 3 fr.
— **Les Français en Prusse,** 1807. D'après les documents contemp. 1 vol. 3 fr.
— **Le Général Kléber.** Mayence, Vendée, Allemagne, Egypte. 1 vol. . . 3 fr.

FALLOUX (Cte DE). **Augustin Cochin.** 1 vol. avec beau portrait gravé. 3 fr. 50
— **Madame Swetchine.** *Sa vie et ses œuvres.* Nouv. édit. 2 vol., ornés d'un portrait. . . . . 8 fr.
— **Madame Swetchine.** *Lettres complètes.* 4e édit. 3 forts vol. . . . 12 fr.
— **Correspondance du R. P. Lacordaire et de Mme Swetchine.** 7e édition. 1 vol.. . . . . 4 fr.

FEILLET (ALPH.). **La Misère au temps de la Fronde** et saint Vincent de Paul. 1 vol. . . . . 3 fr. 50

FERRARI. **La Chine et l'Europe.** Leur histoire et leurs traditions comparées. 2e édit., 1 fort vol.. . . . . 4 fr.

FERRAZ. **Philosophie du devoir.** (*Ouv. cour. par l'Acad. fr.*), 2e éd. 1 v. 3 fr. 50

FEUGÈRE (ANATOLE). **Bourdaloue.** Sa prédication et son temps. 2e édition. 1 vol. . . . . 4 fr.

FEUGÈRE (LÉON). **Caractères et Portraits littéraires du XVIe siècle.** 2 vol. . . . . 7 fr.
— **Les Femmes poëtes du XVIe siècle** etc. 3e édit. 1 vol.. . . . 3 fr. 50

FLAMMARION. **Récits de l'Infini.** — *Lumen,* etc. 4e édit. 1 vol. . . 3 fr. 50
— **Sir Humphry Davy.** *Les derniers jours d'un philosophe.* Ouv. traduit de l'anglais et annoté par C. FLAMMARION. 3e édit. 1 vol.. . . . . 3 fr. 50
— **Dieu dans la nature.** 12e édit. 1 fort vol. avec portrait.. . . . . . 4 fr.
— **La Pluralité des mondes habités,** au point de vue de l'astronomie, de la physiologie et de la philosophie naturelle. 21e édit. 1 vol. fig.. . . 3 fr. 50
— **Les Mondes imaginaires et les Mondes réels.** Voyage astronom., pittor. et Revue crit. des théories sur les hab. des astres. 12e édit. 1 v. Fig. 3 fr. 50

FOURNEL (VICTOR). **La Littérature indépendante et les Ecrivains oubliés.** Essais de critique et d'érudition sur le XVIIe siècle. 1 vol. . . . . . . 3 fr. 50

FRANCK (AD.). **Moralistes et Philosophes.** 2e édition. 1 fort vol.. . . 4 fr.
— **Philosophie et Religion.** 2e édit. 1 vol.. . . . . 3 fr. 50

GAILLARD (LÉOPOLD DE). **Les Étapes de l'Opinion,** 1871-72. 1 v. 3 fr. 50

GALITZIN (LE PRINCE AUG.). **La Russie au XVIIIe siècle.** Mémoires inédits sur Pierre le Grand Catherine Ire et Pierre III. 2e édition. 1 vol. . . 3 fr. 50

GANDAR. Bossuet orateur. (*Ouv. cour. par l'Acad. fr.*) 2ᵉ édit. 1 v. 3 fr. 50
— **Choix de Sermons de la jeunesse de Bossuet.** 2ᵉ édit. 1 v., fac-s. 3 fr. 50
GARCIN (EUG.). Les Français du Nord et du Midi. 2ᵉ édit. 1 vol. in-12 3 fr.
GEFFROY. Rome et les Barbares. Étude sur la *Germanie* de Tacite. 2ᵉ édition. 1 vol. . . . . 3 fr. 50
— **Gustave III et la Cour de France.** (*Ouvrage couronné par l'Académie française.* 2ᵉ édit. 2 vol., ornés de portraits et fac-simile. . . . . 8 fr.
GERMOND DE LAVIGNE. Le Don Quichotte de F. Avellaneda. 1 v. 3 fr.
GÉRUZEZ. Histoire de la Littérature française depuis ses origines jusqu'à la Révolution. (*Ouv. cour. par l'Acad. fr.*, 1ᵉʳ *prix Gobert.*) 10ᵉ édit. 2 vol. 7 fr.
GIDEL. Les Français du XVIIᵉ siècle. 1 vol. . . . . 3 fr. 50
SAINT-MARC GIRARDIN. La Syrie en 1861. Condition des Chrétiens en Orient. 1 vol. . . . . 3 fr.
— **Tableau de la littérature française au XVIᵉ siècle.** 3ᵉ édit. 1 v. 3 fr. 50
GOBINEAU (Cᵗᵉ DE). Les Religions et les Philosophies dans l'Asie centrale. 2ᵉ édit. 1 vol. . . . . 4 fr.
GRUN. Pensées des divers âges de la vie. Nouv. édit. 1 vol. . . . 3 fr.
GUADET. Les Girondins. Leur vie privée et publique, leur proscription et leur mort. 2ᵉ édit. 2 vol. . . . . 7 fr.
EUGÉNIE DE GUÉRIN. Journal et Fragments, publiés par Trebutien. (*Ouvrage couronné par l'Académie française.*) 29ᵉ édition. 1 vol. . . . . 3 fr. 50
— **Lettres d'Eugénie de Guérin.** 19ᵉ édit. 1 vol. . . . . 3 fr. 50
— **Étude sur Eugénie de Guérin** par Aug. Nicolas. Broch. . . . . . 50 c.
MAURICE DE GUÉRIN. Journal, Lettres et Fragments, publiés par Trebutien, avec une Étude par M. Sainte-Beuve. 14ᵉ édit. 1 vol. . . . 3 fr. 50
GUIZOT (GUILLAUME). Ménandre. Étude historique et littéraire sur la Comédie et la Société grecques. (*Ouvrage couronné par l'Académie française.*) 1 vol. avec portrait. . . . . 3 fr. 50
GUIZOT. Histoire de la Révolution d'Angleterre, depuis l'avénement de Charles Iᵉʳ jusqu'au rétablissement des Stuarts (1625-1660). 6 vol. en trois parties. . . . . 21 fr.
— **Monk. Chute de la République**, etc. Étude historique. 1 vol. . 3 fr. 50
— **Portraits politiques** des hommes des divers partis : *Parlementaires, Cavaliers, Républicains, Niveleurs* ; études historiques. 1 vol. . . . . . 3 fr. 50
— **Sir Robert Peel.** Étude d'hist. contemp. augm. de docum. inéd. 1 v. 3 fr. 50
— **Essais sur l'Histoire de France**, etc. Nouv. édit. 1 vol. . . . . 3 fr. 50
— **Histoire de la civilisation en Europe et en France** 13ᵉ éd. 5 v. 17 fr. 50
— **Corneille et son temps**, etc. Nouv. édit. 1 vol. . . . . 3 fr. 50
— **Méditations et Études morales.** Nouv. édit. 1 vol. . . . . 3 fr. 50
— **Études sur les Beaux-Arts** en général. Nouv. édit. 1 vol. . . . 3 fr. 50
— **Discours académiques** ; *Discours prononcés au Concours gén.*, etc. 1 v. 3 fr. 50
— **Abailard et Héloïse.** Essai historique par M. et Mᵐᵉ Guizot, suivi des *Lettres d'Abailard et d'Héloïse*, trad. par M. Oddoul. Nouv. édit. 1 vol. . . 3 fr. 50
— **Histoire de Washington**, par M. C. de Witt, avec une Introduction par M. Guizot. Nouv. édit. 1 vol. avec carte. . . . . 3 fr. 50
— **Grégoire de Tours et Frédégaire.** — Histoire des Francs et chronique, trad. Nouv. édit. revue et augmentée de la *Géographie de Grégoire de Tours et de Frédégaire*, par M. Alfred Jacobs. 2 vol. . . . . 7 fr.
Cet ouvrage est autorisé pour les Écoles publiques.
— **Shakspeare. Œuvres complètes.** 8 vol. . . . . 28 fr.
A. HAYEM. Le Mariage. (*Mention honorable de l'Acad. des sciences morales.*) 1 vol. . . . . 3 fr. 50
HAYEM (JULIEN). Le Repos hebdomadaire. *Ouv. cour. par l'Ac. des Sciences mor.* 1 vol. . . . . 3 fr.
HEMENT (F.). Simples discours sur la Terre et sur l'Homme. 1 vol. 3 fr.
HÉRICAULT (CH. D'). Les Cousins de Normandie, roman pastoral du temps de la Terreur. 1 v. . . . . 3 fr.
— **Thermidor.** *Paris et la Banlieue en* 1794. 2 vol. . . . . 6 fr.

HIPPEAU. **L'Instruction publique aux Etats-Unis.** 2ᵉ édit. 1 fort vol. 4 fr.
— **L'Instruction publique en Angleterre.** 1 vol. . . . . 1 fr. 25
— **L'Instruction publique en Allemagne.** 1 vol. . . . . 3 fr. 50
— **L'instruction publique en Italie.** 1 vol. . . . . 3 fr. 50
HOEFER (F.). **L'Homme devant ses œuvres.** 1 vol. . . . . 3 fr. 50
HOMMAIRE DE HELL (Mᵐᵉ). **A travers le monde.** — *La vie orientale.* — *La vie créole.* 1 vol. . . . . 3 fr. 50
— **Les Steppes de la mer Caspienne.** 2ᵉ édition. 1 volume. . . . . . 3 fr. 50
HOUSSAYE (ARSÈNE). **Les Charmettes.** *J. J. Rousseau et Madame de Warens* Nouv. éd. 1 vol port. . . . . 3 fr. 50
HOUSSAYE (HENRY). **Histoire d'Alcibiade** et de la république athénienne. (*Ouvr. cour. par l'Académie française* : prix Thiers.) 4ᵉ édit. 2 v. Port. 7 fr.
— **Histoire d'Apelles.** Études sur l'Art grec. 3ᵉ édit. 1 vol. . . . . . 3 fr. 50
HUREL (ABBÉ). **Les Orateurs sacrés à la cour de Louis XIV.** 2ᵉ éd. 2 v. 7 fr.
— **L'Art religieux contemporain.** Étude critiq e. 2ᵉ édition. 1 vol. 3 fr. 50
— **Pécheurs et Pécheresses** de l'Evangile. 1 vol. in-12. . . . . 2 fr.
JACQUINET. **Livre de lectures,** ou fragments d'études sur l'homme et la société. 1 vol. . . . . 3 fr. 50
J. JANIN. **La Poésie et l'Éloquence à Rome** au temps des Césars. Nouv. édition, 1 vol. . . . . 3 fr. 50
JANOLIN (CH.). **L'Aïeul.** Du but et des principales carrières de la vie. 1 v. 3 fr.
JOHANET (H.). **Une Descente aux enfers.** — Le golfe de Naples. Virgile et le Tasse. Avec une carte des enfers. 1 vol. . . . . 3 fr.
JOUBERT. **Œuvres :** *Pensées et correspondance* avec notice par P. DE RAYNAL, et de jugements littéraires. Nouv. édit. 2 vol. . . . . 7 fr.
JULIEN (STANISLAS). **Yu-kiao-li.** — *Les Deux cousines,* — roman chinois. 2 v. 7 fr.
— **Les Deux jeunes Filles lettrées.** Roman traduit du chinois. 2 vol. . 7 fr.
LAGRANGE (Mⁱˢ DE). **Laurette de Malboissière.** Correspondance d'une jeune fille du temps de Louis XV. 1 vol. . . . . 3 fr. 50
LAGRANGE (LÉON). **Pierre Puget,** peintre, sculpteur, etc. 2ᵉ édit. 1 v. 3 fr. 50
— **Joseph Vernet** et la Peinture au XVIIIᵉ siècle. 2ᵉ édit. 1 vol. . . . 3 fr. 50
LA MENNAIS. **Correspondance de La Mennais,** publ. par M. Forgues. Nouv. édit. 2 v. . . . . 7 fr.
LA MORVONNAIS. **La Thébaïde des Grèves.** — *Reflets de Bretagne.* Nouv. édit. 1 vol. . . . . 3 fr. 50
LANNAU-ROLLAND. **Michel-Ange et Vittoria Colonna.** Étude suivie de la traduct. complète des poésies de Michel-Ange. Nouv. édit. 1 vol. . . . 3 fr.
LA BORDERIE (ARTH. DE). **Les Bretons insulaires et les Anglo-saxons,** du Vᵉ au VIIᵉ siècle. 1 vol. . . . . 3 fr.
LA PILORGERIE (J. DE). **Campagne et Bulletins de la grande armée d'Italie** commandée par Charles VIII, d'après des docum. rares ou inéd. 1 v. 3 fr. 50
LAPRADE (VICTOR DE). **Poëmes civiques.** 2ᵉ édit. 1 vol. . . . . . 3 fr. 50
— **L'Éducation libérale.** — L'Hygiène, la morale, les études. 1 vol. . 3 fr. 50
— **Harmodius.** Tragédie. 1 vol. 2 fr.
— **Pernette,** poëme. 5ᵉ édit. 1 vol. . . . . 3 fr. 50
— **Le Sentiment de la nature** av. le christian. et chez les mod. 2ᵉ éd. 2 v. 7 fr.
— **Questions d'Art et de Morale.** Nouv. édit. 1 vol. . . . . 3 fr. 50
LA TOUR (ANT. DE). **Espagne.** Traditions, Mœurs et littérature. 1 v. 3 fr. 50
LE BLANT (ED.). **Manuel d'Épigraphie chrétienne,** d'après les marbres de la Gaule. 1 vol. . . . . 3 fr.
LEBRUN (PIERRE). **Œuvres poétiques et dramatiques.** Nouv. éd. 4 v. 14 fr.
LEGER (LOUIS). **Le Monde slave.** Voyages et littérature. 1 vol. . . 3 fr. 50
LEGOUVÉ. **Théâtre complet,** en vers. 1 vol. . . . . 3 fr. 50
— **Histoire morale des Femmes.** 5ᵉ édition. 1 vol. . . . . 3 fr. 50
— **Édith de Falsen,** etc. 7ᵉ édit. 1 vol. . . . . 3 fr.
LÉLUT. **Physiologie de la pensée.** Nouv. édit. 2 vol. in-12. . . . . . 7 fr.
LEMOINE (ALBERT). **L'Ame et le Corps.** Études de philosophie morale et naturelle. 1 vol. . . . . 3 fr. 50
— **L'Aliéné** devant la philosophie, la morale et la société. 2ᵉ édit. 1 vol. . 3 fr. 50

LENORMANT (CH.). **Essais sur l'Instruction publique,** publiés par son fils. 1 vol. . . . . 3 fr. 50
LENORMANT (FR.). **Turcs et Monténégrins.** 1 vol. in-12. . . . . 3 fr. 50
LÉPINOIS (H. DE). **Le Gouvernement des papes** et les révolutions. 2e édit. 1 vol . . . . 3 fr. 50
LESCŒUR (LE PÈRE). **La Science du Bonheur.** 1 vol. . . . . . . 3 fr. 50
LESSING. Dramaturgie de Hambourg. Trad. de L. Crouslé et Suckau, avec une Etude par Alf. Mézières. 2e édit. 1 vol . . . . 4 fr.
— **Lessing et Kotzebue.** Théâtre choisi. Trad. Barante et Frank. 2e édit. 1 vol. . . . . 4 fr.
J. LEVALLOIS. Sainte-Beuve. 1 vol. . . . . 3 fr.
— **Etudes de philosophie littéraire.** 1 vol. . . . . 3 fr.
LEVY (DANIEL). **L'Autriche-Hongrie.** Ses institut. et ses nationalités. 1 v. 3 fr.
LITTRÉ. La Science au point de vue philosophique. 3e édit. 1 fort v. 4 fr.
— **Médecine et médecins.** 2e édit. 1 vol. . . . . 4 fr.
— **Histoire de la langue française.** 6e édit. 2 vol. . . . . 7 fr.
— **Études sur les Barbares et le moyen âge.** 2e édit. 1 vol. . . 3 fr. 50
LIVET (CH. L.). **Précieux et Précieuses.** Caractères du XVIIe siècle. 2e édit. 1 vol. . . . . 3 fr. 50
LOISELEUR (J.). **Ravaillac et ses complices,** etc. Questions historiques du XVIe siècle. 1 v. . . . . 3 fr. 50
LOPE DE VEGA. Œuvres dramatiques. Trad. d'Eug. Baret. (*Cour. par l'Acad. fr.*). 2 vol. . . . . 7 fr.
LOVE (J.H.). **Le Spiritualisme rationel** à propos des moyens d'arriver à la connaissance, etc. 1 vol. 3 fr. 50
LUBOMIRSKI (PRINCE JOS.). **Fonctionnaires et Boyards.** 1 vol. . 3 fr. 50
— **Un nomade.** Safar-Hadgi. 1 vol. . . . . 3 fr.
— **Scènes de la vie militaire en Russie.** 2e édit. 1 vol. . . . . 3 fr.
LUCAS. Le Procès du matérialisme. Etude philosophique. 1 vol. . . 3 fr.
MARGERIE (A. DE). **Théodicée.** Etudes sur Dieu, etc. 3e édit. 2 vol. . 7 fr.
— **La Restauration de la France.** 3e édition. 1 vol. . . . . . . 3 fr. 50
— **Philosophie contemporaine.** — Cousin. — Ravaisson. — Les Matérialistes etc. 1 vol. . . . . 3 fr. 50
MARMIER (XAV.). **Souvenirs d'un voyageur** (*Amérique-Allemagne*). 1 v. 3 fr. 50
MARTIN (TH. HENRY). **Les Sciences et la Philosophie.** Critique philos. et relig. 1 fort vol. . . . . 4 fr.
— **Galilée.** Les droits de la science, etc. 1 vol. . . . . 3 fr. 50
— **La Foudre, l'Électricité et le Magnétisme** chez les anc. 1 vol. 3 fr. 50
MARY *** (Dr). **Le Christianisme et le Libre Examen.** Discussion critique des arguments apologétiques. 2e édition. 2 vol. . . . . 7 fr.
MATTER. Le Mysticisme au temps de Fénelon. 2e édit. 1 vol. . 3 fr. 50
— **Saint-Martin,** le Philosophe inconnu, etc. 2e édition. 1 vol. . . . 3 fr. 50
— **Swedenborg,** sa vie, sa doctrine, etc. 2e édition. 1 vol. . . . . . 3 fr. 50
MATHIEU. Histoire des Convulsionnaires de St-Médard. 1 vol. . 3 fr.
MAURY (ALFRED). **Les Académies d'autrefois.** *Académie des sciences, Académie des inscriptions.* 2e édition. 2 vol. in-12. . . . . 7 fr.
— **La Magie et l'Astrologie** dans l'antiquité et au moyen âge. 3e éd. 1 v. 3 fr. 50
— **Le Sommeil et les Rêves.** 3e édit. revue et augm. 1 vol. . . 3 fr. 50
MAZADE (CH. DE). **Lamartine,** sa vie politique et littéraire. 1 vol. . . . 3 fr.
— **Les Révolutions de l'Espagne contemporaine.** 1 vol. . . . . 3 fr. 50
MEAUX (VICOMTE DE). **La Révolution et l'Empire,** 1789-1815. 2e édit. 1 v. in-12. . . . . 3 fr. 50
MENARD. La Sculpture ancienne et moderne. (*Ouvr. cour. par l'Acad. des Beaux-Arts.*) 2e édition. 1 volume. . . . . 3 fr. 50
— **Tableau historique des Beaux-Arts,** depuis la Renaissance. (*Ouvr. cour. par l'Acad. des Beaux-Arts.*) 2e édition. 1 vol. . . . . 3 fr. 50
— **Hermès Trismégiste,** traduction et étude. 2e édition. 1 vol. . . 3 fr. 50
MENNESSIER-NODIER (Mme). **Charles Nodier.** Épisodes et souvenirs de sa vie. 1 vol. . . . . 3 fr.

MERCIER DE LACOMBE (CH.). **Henri IV et sa politique** (*Ouvrage couronné par l'Académie française, 2e prix Gobert.*) Nouv. édit. 1 vol. . . . . 3 fr. 50
MERLET (G.). **Portraits d'hier et d'aujourd'hui.** 4 séries. — 1e *Réalistes et Fantaisistes.* 1 vol. — 2e *Attiques et Humoristes.* 1 vol. — 3e *Femmes et livres.* 1 vol. — 4e *Hommes et livres.* 1 vol. — 4 vol. à . . . . 3 fr.
MÉZIÈRES. **Gœthe.** Les œuvres expliquées par la vie. 2e édition. 2 vol. . 7 fr.
— **Récits de l'Invasion.** *Alsace et Lorraine.* 1 vol. . . . . 2 fr. 50
— **La Société française.** — Études morales sur le temps présent. . . 1 fr. 25
— **Pétrarque.** Étude d'après de nouveaux documents. (*Ouvrage couronné par l'Académie française.*) 2e édit. 1 vol. . . . . 3 fr. 50
MICHAUD (L'ABBÉ). **Guillaume de Champeaux** et les écoles de Paris au XIIe s. 2e édit. 1 vol. . . . . 3 fr. 50
— **L'Esprit et la Lettre dans la piété et la foi.** 2 vol. . . . . 6 fr.
MIGNET. **Éloges historiques,** faisant suite aux *Portr. et Notices.* 1 v. 3 fr. 50
— **Charles-Quint,** SON ABDICATION, SON SÉJOUR ET SA MORT AU MONASTÈRE DE YUSTE. 7e édit. 1 vol. . . . . 3 fr. 50
— **Histoire de la Révolution française.** 10e édit. 2 vol. . . . . 7 fr.
MOLAND (LOUIS). **Les Méprises.** Comédies de la Renais. racont. 1 v. 3 fr. 50
— **Molière et la Comédie italienne.** 2e édit. 1 joli v. illust. de 20 types. 4 fr.
— **Origines littéraires de la France.** 2e édit. 1 vol. . . . . . . 3 fr. 50
MONTALEMBERT. **De l'Avenir politique de l'Angleterre.** 6e édit. augmentée. 1 vol. . . . . 3 fr. 50
MOREAU DE JONNÈS. **L'Océan des anciens** et les **Peuples préhistoriques.** 1 vol. . . . . 3 fr. 50
MOUY (CH. DE). **Don Carlos et Philippe II** (*ouv. cour. par l'Acad. franç.*). 1 vol. . . . . 3 fr. 50
MAX MULLER. **Essais sur la mythologie comparée,** etc. 2e éd. 1 v. 4 fr.
— **Essais sur l'Histoire des religions.** 2e édition. 1 vol. . . . . . . 4 fr.
NIGHTINGALE (MISS). **Des Soins à donner aux malades,** etc. Trad. de l'angl. avec une lettre de M. GUIZOT et une Introd. par le Dr DARENBERG. 1 v. 3 fr.
NOURRISSON (F.). **Machiavel.** 1 vol. . . . . 3 fr. 50
— **L'ancienne France et la Révolution.** 1 vol. . . . . 3 fr. 50
— **Tableau des progrès de la pensée humaine** depuis Thalès jusqu'à Hegel. 4e édit. augm. 1 vol. . . . . 4 fr.
— **Philosophie de saint Augustin** (*ouv. cour. par l'Inst.*). 2e édit. 2 v. 7 fr.
— **La Politique de Bossuet.** 1 vol. . . . . 3 fr.
— **Spinosa et le Naturalisme contemporain.** 1 vol. . . . . 3 fr.
— **Portraits et Études.** Histoire et Philosophie. Nouv. édit. 1 vol. . . . 3 fr.
D'ORTIGUE (J.). **La Musique à l'église.** Philosophie, littérat., critique musicale. 1 vol. . . . . 3 fr. 50
PAPILLON (F.). **La Nature et la Vie.** *Faits et doctrines.* 2e éd. 1 v. 3 fr. 50
PARKMAN (FR.). **Les Pionniers français dans l'Amérique du Nord.** *Floride et Canada.* Traduit par Mme de CLERMONT TONNERRE. 1 vol. carte. . . . 4 fr.
PELLISSIER. **Précis d'histoire de la Langue française** depuis son origine jusqu'à nos jours. 2e édit. revue et augmentée de *textes anciens.* 1 vol. 3 fr.
PENQUER (Mme). **Les Chants du foyer.** Poésies. 2e édition. 1 vol. . 3 fr. 50
— **Révélations poétiques.** 2e édit. 1 vol. . . . . 3 fr. 50
PEZZANI (A.). **La Pluralité des existences de l'âme** conforme à la doctrine de la Pluralité des Mondes ; opinions des philosophes anciens et modernes. 6e édit. 1 vol. . . . . 3 fr. 50
— **Philosophie nouvelle.** 1 vol. . . . . 2 fr.
PIERRON (ALEXIS). **Voltaire et ses Maîtres.** Épisode de l'histoire des humanités en France. 1 vol. . . . . 3 fr
PIOGER (ABBÉ). **Le dogme chrétien et la pluralité des mondes.** 1 vol. avec planches . . . . 4 fr.
PLUTARQUE. **Œuvres morales.** Traduction de RICARD. 5 vol. . . . 17 fr. 50
PRELLER. **Les Dieux de l'ancienne Rome.— Mythologie romaine,** trad. par L. DIETZ, avec préface de M. ALF. MAURY. 2e édition. 1 fort vol. . . . 4 fr.
PRIVAT. **Les Idoles du jour.** Roman moral. 1 vol. . . . . 2 fr.

PUYMAIGRE (TH. DE). **Chants populaires** recueillis dans le pays messin, et annotés. 1 fort vol. . . . . 4 fr.

RAMBAUD. **Les Français sur le Rhin**, 1792-1804. La domination française en Allemagne. 1 vol. . . . . 3 fr. 50
— **L'Allemagne sous Napoléon I**er (1804-1811). 1 vol. . . . . 3 fr. 50

RANGABÉ **Le prince de Morée**. Traduction autorisée. 1 vol. . . . . . . 3 fr.

RAYNAUD (M.). **Les Médecins au temps de Molière**. — Mœurs. — Institutions. — Doctrines. Nouv. édition. 1 vol. . . . . 3 fr. 50

RÉAUME. **Les Prosateurs français du XVI**e **siècle**. 2e édit. 1 vol. . 4 fr.

RÉMUSAT (CH. DE). **Lord Herbert de Cherbury**. Sa vie et ses œuvres, etc. 1 vol. . . . . 3 fr. 50
— **Saint Anselme de Cantorbéry**. 2e édition. 1 volume. . . . . . . 3 fr. 50
— **Bacon**. Sa vie, son temps et sa philosophie. 1 vol. . . . . 3 fr. 50
— **L'Angleterre au XVIII**e **siècle**. Études et Portraits. 2 vol. . . . 7 fr.
— **Critiques et Études littéraires**. Nouv. édition. 2 vol. . . . . 7 fr.

*** **Channing**. Sa vie et ses œuvres, préface de M. DE RÉMUSAT. 1 v. 3 fr. 50
— **La Vie de village en Angleterre**, ou Souvenirs d'un exilé. 1 v. . 3 fr. 50

RENDU (AMB.). **Les avocats d'autrefois**. 1 vol. . . . . 3 fr.
— **Souvenirs de la Mobile**. Campagne de Paris. 1 vol. . . . . 2 fr. 50

REYNALD (H.). **Mirabeau et la Constituante**. (*Ouvr. cour. par l'Acad. franç.*) 1 vol. . . . . 3 fr. 50

ROCQUAIN (F.). **État de la France** au 18 brumaire, d'après les rapports inéd. 1 vol. . . . . 4 fr.
— **Etudes sur l'ancienne France**. Histoire, mœurs, institutions. 1 v. 3 fr. 50

RONDELET (ANT.). **La Morale de la Richesse**. 1 vol. . . . . 3 fr. 50
— **Du Spiritualisme en économie politique**. (*Ouvrage couronné par l'Académie des sciences morales.*) 2e édit. 1 vol. . . . . 3 fr. 50

ROUSSET (C.). **La Grande Armée de 1813**. 1 vol. . . . . 3 fr. 50
— **Les Volontaires**. 1791-1794. 3e édit. 1 vol. . . . . 3 fr. 50
— **Le Comte de Gisors**. Étude historique. 2e édition. 1 vol. . . . . 3 fr. 50
— **Histoire de Louvois** et de son administration, etc. (*Ouvrage couronné par l'Académie française. 1er prix Gobert.*) Nouvelle édit. 4 v. in-12. 14 fr.

SACY (S. DE). **Variétés littéraires**, morales et histor. Nouv. édit. 2 v. . 7 fr.

SAINTE-AULAIRE (Mis DE). **La Chanson d'Antioche**, composée par RICHARD LE PÈLERIN, trad. 1 vol. 3 fr.

SAINT-HILAIRE (BARTH.) **Le Bouddha et sa religion**. 3e édit. revue et corrigée. 1 vol. . . . . 3 fr. 50
— **Mahomet et le Coran**. 2e édit. 1 vol. . . . . 3 fr. 50

SAISSET. **Descartes, ses Précurseurs, ses Disciples**. 2 édit. 1 v. 3 fr. 50
— **Le Scepticisme. Ænésidème, Pascal, Kant**, etc. 2e édit. 1 vol. . 3 fr. 50

SAINT-GÉNIS (V. DE), **Histoire de la Savoie**. (*Ouvr. couronné par l'Acad. franç.*) 3 vol. . . . . 12 fr.

SALVANDY. **Don Alonso**, ou l'Espagne. Histoire contemp. Nouv. édit. 2 v. 7 fr.

SCHILLER. **Œuvres dramatiques complètes**. Traduction de M. de Barante, revue par M. de Suckau. 3 vol. in-12. . . . . 10 fr. 50

SCHNITZLER. **La Russie en 1812**.—*Rostoptchine et Kutusof*. Nouv. éd. 1 v. 3 fr.

SÉGUR, **Histoire universelle** : *Hist. ancienne — romaine — du Bas-Empire*. Ouvrage adopté par l'Université. 8e édit. 6 vol. in-12. . . . . 18 fr.

SELDEN (CAMILLE); **L'Esprit moderne en Allemagne**. 1 vol. . . . 3 fr.

SHAKSPEARE. **Œuvres complètes**. Traduction de M. GUIZOT. 8 v. in-12. 28 fr.

SAINT-RENÉ TAILLANDIER. **Bohême et Hongrie**. Tchèques et Magyars, etc., 2e édit. 1 vol. . . . . 3 fr. 50
— **Drames et romans de la vie littéraire**. 1 vol. . . . . 3 fr.

ALEX. SOREL. **Le Couvent des Carmes** et le Séminaire Saint-Sulpice pendant la Terreur 2e édit. 1 vol. avec fig. . . . . 3 fr. 50

THIERRY (AMÉDÉE). **Saint-Jean Chrysostome et l'impératrice Eudoxie.** 2e édit. 1 vol. . . . . 4 fr.
— **Histoire des Gaulois** depuis les temps les plus reculés jusqu'à l'entière domination romaine. Nouv. édit. 2 vol. . . . . 7 fr.
— **Histoire de la Gaule** sous la domination romaine, jusqu'à la mort de Théodose. 3e édit. 2 vol. . . . . 7 fr.
— **Histoire d'Attila** et de ses successeurs en Europe. 5e éd. 2 vol. . . . . 7 fr.
— **Tableau de l'Empire romain**, etc. Nouv. édit. 1 vol. . . . . . 3 fr. 50
— **Récits de l'Histoire romaine au Ve siècle.** Derniers temps de l'empire d'Occident. Nouv. édit. 1 vol. . . . . 3 fr. 50
THURET (Mme). **Le comte d'Elcairet.** 1 vol. . . . . 3 fr.
— **Mademoiselle de Sassenay.** 2e édit. 2 vol. . . . . 7 fr.
TONNELLE (ALF.). **Fragments sur l'art et la philosophie**, suivis de notes et de pensées diverses, recueillis et publiés par HEINRICH. 3e édit. 1 vol. . 3 fr. 50
TOPIN (MARIUS). **L'Europe et les Bourbons sous Louis XIV.** (*Ouvrage couronné par l'Académie française : Prix Thiers.*) — 2e édit. 1 vol. 3 fr. 50
— **L'Homme au masque de fer.** (*Ouvrage couronné par l'Académie française.*) 4e édit. 1 vol. . . . . 3 fr. 50
VALBEZEN (E. D.). **La Veuve de l'Hetman.** 1 vol. . . . . 3 fr.
VALROGER (H. DE). **La Genèse des Espèces.** Études phil. et relig. sur les naturalistes. 1 v. . . . . 3 fr. 50
VILLEMAIN. **La République** de Cicéron, trad. avec une Introd. et des Suppléments hist. 1 vol. . . . . 3 fr. 50
— **Choix d'Études** SUR LA LITTÉRATURE CONTEMPORAINE : *Rapports académiques. Études sur Chateaubriand, A. de Broglie, Nettement*, etc. 1 vol. . . 3 fr. 50
— **Cours de Littérature française**, comprenant : le *Tableau de la Littérature au XVIIIe siècle* et le *Tableau de la Littérature au moyen âge*. Nouvelle édit. 6 vol. in-12. . . . . 21 fr.
— **Tableau de l'éloquence chrétienne** au IVe s., etc. Nouv. éd. 1 v. 3 fr. 50
— **Discours et Mélanges littéraires** : *Éloges de Montaigne et de Montesquieu. — Rapports et Discours académiques*. Nouv. édit. 1 vol. . . . . . . 3 fr. 50
— **Études de Littérature** ancienne et étrangère : Nouv. édit. 1 vol. 3 fr. 50
— **Études d'Histoire moderne.** Nouv. édit. 1 vol. . . . . 3 fr. 50
— **Souvenirs contemporains** d'Histoire et de Littérature. 2 vol. in-12. 7 fr.
— Première partie : **M. de Narbonne**, etc. Nouv. édit. 1 vol. . . . 3 fr. 50
— Deuxième partie : **Les Cent-Jours.** Nouv. édit. 1 vol. . . . . . 3 fr. 50
VILLEMARQUÉ (H. DE LA). **Barzaz Breiz. Chants populaires de la Bretagne**, recueillis et annotés. 7e édit. (*Ouvr. couronné par l'Académie française.*) 1 vol. avec musique. . . . . 4 fr.
— **Le Grand Mystère de Jésus**, drame breton du moyen âge, avec une Étude sur le théâtre celtique. 2e édit. 1 vol. . . . . 3 fr. 50
— **La Légende celtique** et la Poésie des Cloîtres bretons. Nouv. éd. 1 v. 3 fr. 50
— **L'Enchanteur Merlin (Myrdhinn).** Son histoire, ses œuvres. 1 v. 3 fr. 50
WIDAL (A.). **Juvénal et ses Satires.** Études littér. et mor. 2e éd. 1 v. 3 fr. 50
WADDINGTON (CH.), **Dieu et la Conscience.** 2e édit. 1 vol. in-12. . 3 fr. 50
WITT (C. DE). **Études sur l'histoire des États-Unis d'Amérique.** 2 vol. in-12. . . . . 7 fr.
— **Histoire de Washington** *et de la fondation de la République des États-Unis*, avec une Étude par M. GUIZOT. Nouv. édit. 1 vol. avec carte. . . . 3 fr. 50
— **Th. Jefferson.** *Étude sur la démocratie américaine.* Nouv. édit. 1 v. . 3 fr. 50
WOGAN (Bon DE). **Le Pirate malais**, récits de voyages. 1 vol. . . . 3 fr. 50
— **Du Far West à Bornéo.** 1 vol. . . . . 3 fr.
— **Six mois dans le Far West.** 2e édit. 1 vol avec portr. . . . . . 3 fr. 50
ZELLER. **Les Tribuns et les Révolutions en Italie.** 1 vol. . . . . 3 fr. 50
— **Les Empereurs romains.** Caractères et portr. 3e édit. 1 v. in-12. 3 fr. 50
— **Entretiens sur l'histoire.** — Antiquité et moyen-âge. (*Ouvrage couronné par l'Académie française.*) 2 vol. . . . . 7 fr.
— **Entretiens sur l'histoire.** — Italie et Renaissance. 1 fort vol. . . . 4 fr.

H. BAILLIÈRE. **Henri Regnault** (1843-1871). 1 vol. in-16 Elzév. avec un dessin à la plume. . . . . 2 fr. 50

BIBLIOTHÈQUE DES DAMES ET DES DEMOISELLES

Format in-12

(Ajouter 2 fr. pour la reliure tr. dorée.)

Mme CRAVEN

Le mot de l'énigme. 2 vol. . . 6 fr.
Fleurange. 2 vol. . . . . . . 6 fr.
Récit d'une sœur. 2 vol. . . 8 fr.
Anne Séverin. 1 vol. . . . . . 4 fr.
Adelaïde Capece Minutolo. 1 v. 2 fr.

MAURICE ET EUGENIE DE GUÉRIN

Journal, lettres et poëmes. 3 vol. à . . . . 3 fr. 50

ROSA FERRUCCI

Sa vie et ses lettres, trad. avec une étude par M. l'abbé Lemonnier. 2e éd. 1 vol. . . . . 3 fr.

MARY O'NELYA

Lettres d'une jeune irlandaise à sa sœur. 1 vol. 3e édit. . . . 3 fr.

Mme D'ARMAILLÉ

Marie-Thérèse et Marie-Antoinette. 2e édition. 1 vol . . . . . . 3 fr.
Catherine de Bourbon. 1 vol. 3 fr.
La reine Marie Leckzinska. 1 v. 2 fr.

Mme MARIE JENNA

Enfants et Mères, poésies. 1 v. 3 fr.

Mlle CL. BADER

La Femme biblique. 1 vol. . 3 fr. 50
La Femme grecque. 2 vol. . . 7 fr.

Pcsse CANTACUZÈNE

Tante Agnès. 1 vol . . . . . . 3 fr.

Mme N. GUILLON

L'Entrée dans le monde, simples récits. 2e édit. 1 vol. . . . . 3 fr.
Cinq années de la vie des jeunes filles 1 vol. . . . . . . 3 fr.
Projets de jeunes filles. Claire Duquenois, etc. 1 vol. . . . . . 3 fr.

Mme DE WITT

Charlotte de la Trémoille, comtesse de Derby 1 vol. . . . . . 3 fr. 50

ANT. RONDELET

Le Lendemain du mariage. 2e édit. 1 vol. . . . . 3 fr.
Le Danger de plaire, etc. 1 v. 3 fr.
L'Education de la 20e année. Lettres de ma cousine Nathalie. 1 vol. 3 fr.

MASSON (MICHEL)

Les Historiettes du père Broussailles. 1 vol. . . . . . . 3 fr.
Les Gardiennes. 1 vol. . . . 3 fr.
Lectures en famille. 1 vol. . 3 fr.

Mlle ROGBR..

Le Choix de Suzanne. 1 vol. 3 fr.

Mlle BENOIT

Françoise, la vocation d'une chrétienne. 1 vol . . . . 3 fr.

Mme DE LA ROCHÈRE

La Demoiselle de compagnie. 1 volume. . . . . 3 fr.

Mme FERTIAULT

L'Éducation du cœur. Causeries et conseils d'une mère. 1 vol. . 3 fr.

F. FERTIAULT

La Chambre aux Histoires. 1 v. 3 fr.
Les féeries du travail. Conférences sur les travaux de dames. 1 vol. 3 fr.

Mme GAGNE MOREAU

Nancy Vallier. 1 vol. . . . . . 3 fr.
Mémoires d'une Sœur de charité. 1 vol. . . . . 3 fr.

Mlle GABRIELLE D'ÉTHAMPES

Isabelle aux blanches mains. Chronique bretonne. 1 vol. . . . . 3 fr.

Mlle AUG. COUPEY

L'Orpheline du 41e. 1 vol. . . 3 fr.

Mlle GUERRIER DE HAUPT

Les défauts de Gabrielle. 1 vol. 3 fr.
Marthe. (*Ouv. cour. par l'Académie française*). 3e édit. 1 vol. . . 3 fr.
Forts par la foi. 1 vol. . . . 3 fr.

Mme LENORMANT

Quatre Femmes au temps de la révolution. (*Ouv. couronné par l'Académie franç*). 2e édit. 1 vol. 3 fr.

EUG. MULLER

Récits champêtres (*Couronné par l'Académie franç.*). 1 vol. . . 3 fr.

HIPP. AUDEVAL

Paris et province; deux histoires de notre temps. 1 vol. . . . . 3 fr.

MILA (Ctesse DE)

Linda. 1 vol. . . . . 3 fr.

Mme THURET

Belle mère et belle fille 2e édition. 1 vol. . . . . 3 fr.

Mlle THÉRÈSE ALPH. KARR

La fille du Cordier. Histoire Irlandaise, trad. de Griffin. 1 vol. 3 fr.

J. DE CHAMBRIER

Marie-Antoinette, reine de France. 2e édit. 2 vol. . . . . . 7 fr.

E. JONVEAUX

Le sacrifice de Paul Wynter, imité de mistr. Duffus Hardy. 1 vol. 3 fr.

Mme MARIE SEBRAN

Rousou. Histoire du village. 1 v. 3 fr.
Journal d'une mère pendant le siége de Paris. 1 vol. . . . 3 fr.

Mme KRAFFT BUCAILLE

Le secret d'un dévouement 1 v. 3 fr.
L'honneur de la famille. 2 vol. 6 fr.

AUG. DE BARTHÉLEMY

Pierre le Peillarot (1789-1795). 1 vol. . . . . 3 fr.

Mme TASTU

Lettres choisies de Madame Sévigné, avec notes et son éloge. 1 v. 3 fr.

BIBLIOTHÈQUE D'ÉDUCATION MORALE

Première série à 3 fr. le vol. broché, 4 fr. 50 relié

Mme LA PRINCESSE DE BROGLIE

Les Vertus chrétiennes. — Les Vertus théologales et les Commandements de Dieu. Ouvrage approuvé par Mgr l'Archevêque de Paris. 2 vol. in-12, illustrés de lithographies et de vignettes.

Mme DE WITT, NÉE GUIZOT

Le Cercle de famille. 1 vol. in-12. Orné de gravures.
Les Petits Enfants, contes. 1 vol. in-12, orné de gravures.
Contes d'une Mère à ses Enfants. 1 vol. in-12, orné de gravures.
Une Famille à la campagne. 1 vol. in-12, orné de lithographies, etc.
Une Famille à Paris. 1 vol. in-12, orné de lithographies et vignettes.
Promenades d'une Mère, ou les douze Mois. 1 vol. in-12, orné de lithogr., etc.
Hélène et ses Amies, histoire pour les jeunes filles, traduit de l'anglais. 1 vol. orné de lithographies.
Scènes d'histoire et de famille. *(Ouv. couronné par l'Acad. franç.)* 1 vol. in-12.

DE GERANDO ET Bon DELESSERT

Les Bons exemples, nouvelle morale en action. — *Charité et Dévouement.* 1 vol. in-12, illustré de jolies vignettes de J. David.
—— 2e série : *Courage et Humanité.* 1 vol. in-12, illustré de jolies vignettes de J. David.

MICHEL MASSON

Les Enfants célèbres, histoire des enfants qui se sont immortalisés par le malheur, la piété, le courage, le génie, etc. Nouvelle édition. 1 vol. in-12, orné de grav. et vignettes.

ARMAND DUBARRY

L'Alsace-Lorraine en Australie. Histoire d'une famille d'émigrants dans le continent austral. 1 joli vol. illustré.
Trois histoires de terre et de mer. 1 joli vol. illustré.

ALF. SÉGUIN

Bengali, ou *les Fils du Paria.* 1 joli vol. illustré.

FÉNELON

Aventures de Télémaque et d'Aristonoüs, précédées d'une Étude par M. Villemain. Nouv. édit., ornée de 24 vignettes. 1 vol. . . . . 3 fr.

Deuxième série à 2 fr. le vol. broché, 3 fr. 50 relié

Mme GUIZOT

L'Écolier, ou Raoul et Victor. *(Ouvrage couronné par l'Académie française.)* 12e édition. 2 vol. in-12, 8 vignettes.
Une Famille, par Mme Guizot, ouvrage continué par Mme A. Tastu. 7e édition. 2 vol. in-12, 8 vignettes.
Les Enfants. Contes pour la jeunesse. 10e édition. 2 vol. in-12, 8 vignettes.
Nouveaux Contes pour la jeunesse. 9e édition. 2 vol. in-12, 8 vignettes.
Récréations morales. Contes. 10e édit. 1 vol. in-12, 4 vign.

Mme F. RICHOMME

Julien et Alphonse, ou le Nouveau Mentor. *(Ouvrage couronné par l'Académie française.)* 1 vol. in-12, 6 lithographies.

ERNEST FOUINET

Souvenirs de Voyage en Suisse, en Grèce, en Espagne, etc., ou Récits du capitaine Kernoel, destinés à la jeunesse. 1 vol. in-12 avec 6 lithographies.

Mme L. BERNARD

Les Mythologies racontées à la jeunesse. 5e édition. 1 vol. in-12, orné de gravures d'après l'antique.

Mlle C. DELEYRE

Contes pour les enfants de 5 à 7 ans. Nouv. édit. revue par Mme F. Richomme. 1 vol. in-12, avec jolies lithographies.
Contes pour les enfants de 7 à 10 ans. Nouv. édit. revue par Mme F. Richomme. 1 vol. in-12, avec jolies lithographies.

BERQUIN

L'Ami des Enfants. Édition complète. 2 vol. in-12. 32 figures.

Mlle ULLIAC-TRÉMADEURE

Les Jeunes Naturalistes. Entretiens familiers sur les *animaux*, les *végétaux* et les *minéraux*. 5e édition. 2 vol. in-12, ornés de 32 vignettes.
Claude, ou le Gagne-Petit. (*Ouv. cour. par l'Acad. fr.*) 2e édit. 1 v. in-12. 4 vign.
Étienne et Valentin, ou Mensonge et Probité. (*Ouvrage couronné*.) 3e édition. 1 vol. in-12. 4 vignettes.
Les Jeunes Artistes. Contes sur les beaux-arts. Nouv. édit. 1 vol. in-12. 4 vig.
Contes aux jeunes Naturalistes sur les animaux domestiques. 5e édition. 1 vol. in-12. 4 vignettes.
Émilie, ou la jeune Fille auteur. 1 vol.

Mme A. TASTU

Les Récits du Maître d'école imités de César Cantu. 1 vol. in-12. 4 vignettes.
Les Enfants de la vallée d'Andlau, notions familières sur la religion, les merveilles de la nature, etc., par Mmes Voïart et A. Tastu. 2 vol. in-12. 8 vignettes.
Lectures pour les Jeunes Filles. Modèles de littérature en *prose* et en *vers*, extraits des Écrivains modernes. 2 vol. in-12, 8 portraits.
Album poétique des jeunes Personnes, ou Choix de poésies, extrait des meilleurs auteurs. 1 vol. in-12, 4 portraits.

Mme DELAFAYE-BRÉHIER

Les Petits Béarnais. Leçons de morale. 12e édition. 2 vol. in-12. 8 vignettes.
Les Enfants de la Providence, ou Aventures de trois Orphelins. 6e édition, revue par Mme F. Richomme. 2 vol. in-12. 8 vignettes.
Le Collége incendié, ou les Écoliers en voyage. 6e édit. 1 vol. in-12. 4 vign.

Mme ÉL. MOREAU-GAGNE

Voyages et aventures d'un jeune Missionnaire en Océanie, etc. 1 vol. in-12. 4 lithographies.

FERTIAULT

Les Voix amies. Enfance, jeunesse, raison. Poésies. 1 vol. in-12.

COLLECTION POUR LES BIBLIOTHÈQUES POPULAIRES

format in-12 à 1 fr. 25 et 1 fr. 50 le volume

Vercingétorix et l'Indépendance gauloise, par Fr. Monnier. 1 vol.
Le chancelier de l'Hopital, par Villemain. 1 vol.
Vie de Franklin, par Mignet. 1 vol.
Histoire de Jeanne d'Arc, par M. de Barante. 1 vol.
Sully, par Legouvé. 1 vol.
Vie de Copernic, par C. Flammarion. 1 vol.
Les grandes Figures nationales et les héros du peuple, par Preseau. 2 vol.
Shakspeare et son temps, par Guizot. 1 vol.
Le Cardinal de Retz, par Marius Topin. 1 vol.
Le Cardinal de Bérulle, par Nourrisson. 1 vol.
La Souveraineté nationale, par Nourrisson. 1 vol.
L'Instruction publique en Angleterre, par Hippeau. 1 vol.
La Centralisation et ses effets, par Odilon Barrot. 1 vol.
L'Organisation judiciaire en France, par Odilon Barrot. 1 vol.
La Réforme électorale en France, par Ern. Naville. 1 vol.
Les Théories de l'Internationale, par G. Guéroult. 1 vol.
La Société française, par Mézières. 1 vol.
L'Éducation homicide, par V. de Laprade. 1 vol.
Le Baccalauréat et les études classiques, par V. de Laprade. 1 vol.
Les idées subversives de notre temps, par Ch. Louandre. 1 vol.
Tableau du Monde physique. Excursions à travers la science, par N. Jacquinet. Nouvelle édition revue. 1 vol. in-12. . . . . 2 fr.
Au Village. Conquêtes rurales d'un commandant, par Mlle Mélanie Bourotte. 1 vol. in-12. . . . . 2 fr. 50

ÉDUCATION MATERNELLE

Par Mme Tastu. *Simples leçons d'une mère à ses enfants*, sur la lecture, l'écriture, l'arithmétique, la grammaire, la mémoire, la géographie, l'histoire sainte, etc. Nouvelle édition, imprimée avec luxe, illustrée de 500 jolies vignett. et cart. coloriées. 1 vol. gr. in-8, papier jésus glacé. . . . . 14 fr.

PERNETTE

PAR V. DE LAPRADE, DE L'ACADÉMIE FRANÇAISE

Édition illustrée de 27 beaux dessins de J. Didier, gravés sur bois, et d'un beau portrait en taille-douce. 1 beau vol. grand in-8, papier vélin, glacé. 9 fr.

CONTES ALLEMANDS DU TEMPS PASSÉ

Extraits des recueils des frères Grimm, de Simrock, de Bechstein, de Musæus, de Tieck, Hoffmann, etc., etc., avec la légende de Loreley, traduits par Félix Frank et E. Alsleden, avec une préface de M. Laboulaye, de l'Institut. 1 beau vol. gr. in-8, illustré de 25 vignettes de Gostiaux. . . . . 8 fr.

PITRE-CHEVALIER

La Bretagne ancienne depuis son origine jusqu'à sa réunion à la France. 1 beau vol. grand in-8, illustré par MM. A. Leleux, Penguilly et T. Johannot. (*Épuisé.*)

La Bretagne moderne depuis sa réunion à la France jusqu'à nos jours. *Histoire des États et des Parlements, de la Révolution dans l'Ouest, des guerres de la Vendée*, etc., illustrée par MM. Leleux, Penguilly et T. Johannot. 1 beau vol. grand in-8, orné de plus de 200 vignettes sur bois, gravures sur acier, types et cartes coloriés. . . . . 15 fr.

HERBIER DES DEMOISELLES

Traité de la Botanique présentée sous une forme nouvelle et spéciale, contenant la description des plantes et les classifications, l'exposé des plantes les plus utiles; leur usage dans les arts et l'économie domestique et les souvenirs historiques qui y sont attachés; les règles pour herboriser; la disposition d'un herbier; etc., etc., par Ed. Audouit, édit. revue par le Dr Hoefer. 1 v. in-8, *illustré* de 335 jolies vignettes coloriées. . . . . 10 fr.

— Le même ouvrage. 1 vol. in-12, avec les grav. noires. . . . . 5 fr.

— — — — grav. coloriées. . . . . . . 7 fr. 50

ATLAS DE L'HERBIER DES DEMOISELLES

Dessiné par Belaife, gravé et colorié avec soin. Joli album in-4. . . . . . 16 fr.

— Le même, avec les gravures noires. . . . . 10 fr.

BERQUIN

Œuvres complètes de Berquin, renfermant *l'Ami des Enfants et des Adolescents, le Livre de famille, Sandford et Merton*, etc. 4 vol. in-8, format anglais, illustrés de 200 vignettes. . . . . 10 fr.

Mme TASTU

Le premier Livre de l'Enfance. Lecture et écriture. Extrait de *l'Education maternelle*. 1 vol. de 80 pages, grand in-8, illustré de 100 vignettes, cartonné. . . . . 2 fr.

MICHEL MASSON

Les Enfants célèbres. Histoire des enfants qui se sont immortalisés par le malheur, la piété, le courage, le génie et les talents. Nouvelle édition. 1 beau vol. grand in-8, illustré de très-jolies lithographies et de vignettes sur bois. 8 fr.

Mme GUIZOT

L'Amie des Enfants. Petit Cours de morale en action, comprenant tous les Contes de Mme Guizot. Nouvelle édition, enrichie de *Moralités* en vers, par Mme Elise Moreau. 1 fort vol. grand in-8, illustré de belles gravures. . . 8 fr.

L'Écolier, ou Raoul et Victor. (*Ouvrage couronné par l'Académie française.*) Nouvelle édition. 1 joli vol. grand in-8, illustré de belles lithographies.. 8 fr.

BUFFON

Le Petit Buffon illustré. Histoire naturelle des *Quadrupèdes*, des *Oiseaux*, des *Insectes* et des *Poissons*; extraite de BUFFON, LACÉPÈDE, OLIVIER, etc., par le bibliophile JACOB. 4 vol. gr. in-32, ornés de 325 figures gravées sur acier. 6 fr.
— LE MÊME, avec les 325 figures coloriées avec soin. . . . . 10 fr.

La Suisse illustrée. Description et histoire de ses vingt-deux cantons, par MM. DE CHATEAUVIEUX, DUBOCHET, FRANCINI, MONNARD, MEYER DE KNONAU, H. ZSCHOKKE, etc.; *illustrée* de 32 jolies vues gravées sur acier et carte. 1 v. gr. in-8 jésus. Nouvelle edit. . . . . 10 fr.

Les villes de Thuringe, Weimar, Erfurt, Iéna, Gotha, Cobourg, Eisenach, etc. Excursion pittoresque et historique dans l'Allemagne centrale, par Ed. HUMBERT, professeur. 1 vol. gr. in-8, illustré de nombreuses gravures sur bois. . 10 fr.

ŒUVRE DE DAVID (D'ANGERS)

Collection de 125 portraits contemporains gravés par les procédés de M. ACH. COLLAS, d'après les médaillons du célèbre artiste. Chaque portrait séparément . . . . 75 c.

Portraits de Washington, de Napoléon Ier, de Louis-Philippe, gravés d'après les procédés de M. ACH. COLLAS. In-folio, chacun. . . . . 3 fr.

Le Jeu de Paume. Son histoire et sa description. Notice par Ed. FOURNIER, suivie d'*un traité de la Courte Paume* et *de la Longue Paume*, etc., etc. 1 vol. in-4, pap. de Hollande, avec 16 pl. photographiées. Cart. à l'anglaise. . 15 fr.

Les Jeux des anciens. Leur description, leur origine, leurs rapports avec la religion, les arts et les mœurs, par L. BECQ DE FOUQUIÈRES. 2e édit. illustrée de gravures sur bois d'après l'antique. 1 vol. grand in-8. . . . . 8 fr.

Bas-reliefs du Parthénon et du temple de Phigalie, disposés suivant l'ordre de la composition originale et gravés d'après les procédés d'ACH. COLLAS. 1 joli album in-4 oblong, contenant 20 planches et un texte de 40 pages, par CH. LENORMANT de l'Institut, cartonné élégamment à l'anglaise. . . . . 15 fr.

NOUVELLE COLLECTION

DE

MÉMOIRES RELATIFS A L'HISTOIRE DE FRANCE

DEPUIS LE XIIIe SIÈCLE JUSQU'A LA FIN DU XVIIIe SIÈCLE

Précédés de Notices, etc.

PAR MM. MICHAUD ET POUJOULAT

AVEC LA COLLABORATION DE MM. CHAMPOLLION, BAZIN, ETC.

34 vol. gr. in-8 jésus à 2 col., illustrés de plus de 100 portraits sur acier

Prix : 300 fr.

OUVRAGES DE NAPOLÉON LANDAIS

Grand Dictionnaire général des Dictionnaires français, résumé de tous les dictionnaires, par N. Landais, 15e édition, revue et augmentée d'un *Complément* de 1,200 pages. 3 vol. réunis en 2 vol. grand in-4 de 3,000 pages. . . . . 36 fr.
Ce dictionnaire contient la nomenclature exacte des mots *usuels* et *académiques, archaïques* et *néologiques, artistiques, géographiques, historiques, industriels, scientifiques*, etc., *la conjugaison de tous les verbes irréguliers, la prononciation figurée des mots, les étymologies savantes, la solution de toutes les questions grammaticales*, etc.

Complément du Grand Dictionnaire de Napoléon Landais, pour les onze premières éditions, par une société de savants sous la direction de MM. D. Chésurolles et L. Barré. 1 fort vol. in-4 de près de 1,200 pages à 3 colonnes. . 15 fr.

Grammaire générale des Grammaires françaises, présentant la solution de toutes les questions grammaticales, par N. Landais. 6e édit. 1 vol. in-4. . 9 fr.

Petit Dictionnaire des Dictionnaires français, par N. Landais. Ouvrage *entièrement refondu*, et offrant, sur un nouveau plan, la nomenclature complète, la prononciation nécessaire, la définition claire et précise et l'*étymologie* vraie de tous les mots du vocabulaire usuel et littéraire, et de tous les termes scientifiques, artistiques et industriels de la langue française, par M. Chésurolles. 1 très-joli vol in-32 de 600 pages.. . . . . 1 fr. 50

Dictionnaire des Rimes françaises, disposé dans un ordre nouveau d'après la distinction des rimes en *suffisantes, riches* et *surabondantes*, etc., précédé d'un *Traité de Versification*, etc., par N. Landais et L. Barré. 1 vol. in-32. . 1 fr. 50

DICTIONNAIRE UNIVERSEL DES SYNONYMES

De la langue française, par M. Guizot. 7e édition. 1 vol. in-8, 12 fr., relié. 15 fr.

DICTIONNAIRE DE TOUS LES VERBES

De la langue française tant *réguliers qu'irréguliers*, entièrement conjugués, sous forme synoptique, précédé d'une théorie des verbes et d'un traité des participes, etc. d'après nos grands écrivains; par MM. Verlac et Litais de Gaux, etc. 1 beau vol. in-4. Nouv. édit. . . . . 10 fr.

VERGANI. Grammaire italienne en 20 leçons, augm. de nouv. leçons par Moretti et revue par Brunetti. 22e édit. in-12. . . . . 1 fr.

DICTIONNAIRE DE MÉDECINE USUELLE

A l'usage des gens du monde, des chefs de famille et des grands établissements, des administrateurs, des magistrats, des officiers de police judiciaire, et enfin de tous ceux qui se dévouent au soulagement des malades.

Par une société de Membres de l'Institut, de l'Académie de médecine, de Professeurs, de Médecins, d'Avocats, d'Administrateurs et de Chirurgiens des hôpitaux : Andrieux, Andry, Blache, Blandin, Bouchardat, Bourgery, Caffe, Capitaine, Carron du Villards, Chevalier, Cloquet (J.), Colombat, Cottereau, Couverchel, Cullerier (A.), Deleau, Devergie, Donné, Falret, Fiard, Furnari, Gerdy, Gilet de Grammont, Gras (Albin), Larrey, (H.) Lagasquie, Landouzy, Lélut, Leroy d'Etiolles, Lesueur, Magendie, Marc, Marchesseaux, Martins, Miquel, Olivier (d'Angers), Orfila, Paillard de Villeneuve, Pariset, Plisson, Sanso (A.), Royer-Collard, Trébuchet, Toirac, Velpeau, Vée, etc. Publié sous la direction du docteur Beaude, médecin inspecteur des eaux minérales, membre du Conseil de salubrité. 2 forts vol. in-4.. . . . . 24 fr.
Demi-reliure dos de chagrin. 30 fr.

LE CORPS DE L'HOMME

Traité complet d'anatomie et de physiologie humaine, suivi d'un *Précis des Systèmes de* Lavater *et de* Gall; à l'usage des gens du monde, des médecins et des élèves, par le docteur Galet. 4 vol. in-4, *illustré* de plus de 400 figures dessinées d'après nature et lithographiées. . . . . 90 fr.

TRÉSOR
DE NUMISMATIQUE ET DE GLYPTIQUE

RECUEIL GÉNÉRAL DES MÉDAILLES, MONNAIES, PIERRES GRAVÉES, BAS-RELIEFS, ORNEMENTS, ETC.

Tant anciens que modernes, les plus intéressants sous le rapport de l'art et de l'histoire, gravé par les procédés de M. ACHILLE COLLAS, sous la direction de MM. PAUL DELAROCHE, peintre; HENRIQUEL DUPONT, graveur; CH. LENORMANT, de l'Institut, etc.

20 PARTIES OU VOLUMES IN-FOLIO

comprenant plus de 1,000 planches accompagnées d'un texte historique et descriptif.

Prix : 1,260 fr.

I

Numismatique des Rois grecs. 1 v.
Nouvelle Galerie mythologique 1 v.
Bas-reliefs du Parthénon, etc. 1 v.
Iconographie des Empereurs romains et de leurs familles. . 1 v.

II

Histoire de l'Art monétaire chez les modernes . . . . . . 1 v.
Choix historique des Médailles des Papes . . . . 1 v.
Recueil de Médailles italiennes, XVe et XVIe siècle. . . . . 2 v.
Recueil de Médailles allemandes, XVIe et XVIIe siècle. . . . . 1 v.
Sceaux des Rois et Reines d'Angleterre. . . . . 1 v.

III

Sceaux des Rois et des Reines de France. . . . . 1 v.
Sceaux des grands feudataires de la couronne de France . . 1 v.
Sceaux des communes, communautés, évêques, barons et abbés . . . . 1 v.
Histoire de France par les Médailles :
1° **de Charles VII à Henri IV**. 1 v.
2° **de Henri IV à Louis XIV** 1 v.
3° **de Louis XIV à 1789** . 1 v.
4° **Révolution française**. . . 1 v.
5° **Empire français**. . . . . 1 v.

IV

Recueil général de Bas-reliefs et d'Ornements. . . . . 2 v.

CORRESPONDANCE

DES CONTROLEURS GÉNÉRAUX DES FINANCES

AVEC LES INTENDANTS DES PROVINCES

PUBLIÉE PAR ORDRE DU MINISTRE DES FINANCES

D'APRÈS LES DOCUMENTS CONSERVÉS AUX ARCHIVES NATIONALES

PAR A.-M. DE BOISLISLE

Sous-chef au ministère des Finances

1re partie (1683-1699). — 1 vol. grand in-4, imp. nationale. Prix : 10

ÉTUDE SUR LA GÉOGRAPHIE HISTORIQUE DE LA GAULE
AU MOYEN AGE

Par M. MAX DELOCHE, de l'Institut. (*Ouvrage couronné par l'Académie des inscriptions.*) 1 vol. in-4 de 540 pages, accompagné de 2 cartes. . . . . . . 16 fr.

ÉPIGRAPHIE GALLO-ROMAINE DE LA MOSELLE

Étude par CHARLES ROBERT, de l'Institut. 1re partie : Monuments élevés aux Dieux 1 vol. in-4 avec 5 planches photograv.. . . . . 15 fr.

LE NORD DE L'AFRIQUE DANS L'ANTIQUITÉ

Grecque et romaine. Etude historique et géographique par M. VIVIEN DE SAINT-MARTIN. Ouvrage couronné en 1860 par l'Académie des inscriptions et belles-lettres. 1 vol., grand in-8, accompagné de 4 cartes. . . . . 12 fr.

MÉMOIRES ARCHÉOLOGIQUES

Etudes de mythologie grecque. *Ulysse et Circé. Les Sirènes*, par J.-F. CERQUAND, inspecteur d'Académie. in-8.. . . . . 4 fr.

Saint-Clément de Rome. Description de la Basilique souterraine, récemment découverte, par TH. ROLLER. Grand in-8, avec 9 planches. . . . . 6 fr.

La cathédrale de Strasbourg, remarques archéologiques, par Alb. DUMONT. Grand in-8. . . . . 1 fr. 50

Mélanges archéologiques par ALB. DUMONT. 2 fasc. in-8 avec vign. . . 5 fr.

Restitution de la basilique de Saint-Martin de Tours d'après Grégoire de Tours et les autres textes anciens, par J. QUICHERAT. Gr. in 8 avec pl. . . 5 fr.

La stèle de Dhiban. ou *stèle de Mesa*, lettres à M. de Vogué, par C. CLERMONT-GANNEAU. In-4 avec planches. . . . . 5 fr.

Fragments d'une description de l'île de Crète. par THÉNON. Gr. in-8. 3 fr.

Gargantua. Essai de mythologie celtique par H. GAIDOZ. Gr. in-8. . . . 1 fr. 50

Recension nouvelle du texte de l'Oraison funèbre d'Hypéride, etc., par H. CAFFIAUX. Gr. in-8 . . . . 5 fr.

État de la médecine entre Homère et Hippocrate, par CH. DAREMBERG. 5 fr.

La Médecine dans Homère, par CH. DAREMBERG. Gr. in-8 avec pl. . 5 fr.

Cavernes du Périgord. Notes sur des figures gravées ou sculptées d'animaux remontant aux temps primordiaux de la période humaine, par MM. LARTET et CHRISTY. Grand in-8 avec figures. . . . . 2 fr. 50

Mémoires sur les provinces romaines et sur les listes qui nous en sont parvenues, par THÉOD. MOMMSEN, avec un appendice par Ch. Müllenhoff, trad. par Em. Picot. Grand in-8 avec carte. . . . . 3 fr.

Carte de la Gaule de Peutinger, avec de nouvelles observations par M. ALFRED MAURY. Grand in-8 avec carte. . . . . 2 fr. 50

Carte de la Gaule sous le proconsulat de César. Examen des observations critiq. auxquelles cette carte a donné lieu, par CREULY. Gr. in-8 de 100 p. 2 fr. 50

Le péplos d'Athéné Parthenos, par L. DE RONCHAUD. In-8.. . . . . 3 fr.

La Nouvelle table d'Abydos, par AUG. MARIETTE. Gr. in-8 avec une pl. 3 fr. 50

Sur les tombes de l'Ancien Empire que l'on trouve à Saqqarah, par AUG. MARIETTE. Grand in-8, 3 planches.. . . . . 3 fr.

Observations sur le texte de Joinville et la lettre de Jean-Pierre Sarazin, par CH. CORRARD. Grand in-8.. . . . . 3 fr. 50

Nouvel essai sur les Inscriptions gauloises, par AD. PICTET. Gr. in-8. 3 fr.

La Chronologie biblique fixée par les éclipses des inscriptions cunéiformes, par J. OPPERT. Grand in-8. . . . . 2 fr.

Un poëme de la fin du IVe siècle retrouvé par M. Léopold Delisle, recherches par M. CH. MOREL. Grand in-8. . . . . 1 fr. 50

Le passage d'Annibal du Rhône aux Alpes, par l'abbé DUCIS. In-8. 2 fr. 50

Les Emporia phéniciens Recherches sur leur origine et leur emplacement dans le Zeugis et le Byzacium (Afrique septentrionale), par A. DAUX, ingénieur civil. 1 vol. gr. in-8, accomp. de 10 plans et vues. . . . . 10 fr.

PARIS. — IMP. SIMON RAÇON ET COMP., RUE D'ERFURTH, 1.

www.ingramcontent.com/pod-product-compliance
Ingram Content Group UK Ltd.
Pitfield, Milton Keynes, MK11 3LW, UK
UKHW012050240726
13965UKWH00003B/1170

9 782013 065719